아마도
똥 이야기

서은하
소설집

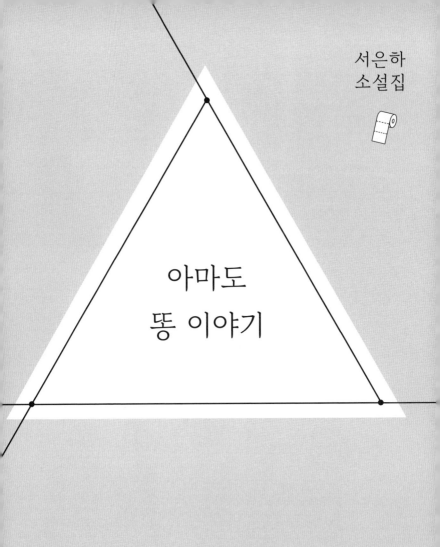

# 아마도
# 똥 이야기

카노푸스

적진
한가운데
나홀로

잠잠하던 휴대폰이 울렸다. 선영 언니였다.

"언니, 오랜만이에요."

"요즘 뭐하고 지내?"

"그냥 그렇죠. 뭐."

선영 언니는 이전 직장에서 만났다. 내가 갓 입사했을 때 언니는 근속 연수가 7년은 넘은 왕고참이었다. 8개월 전 언니가 급작스럽게 퇴직을 통보했을 때 모두 깜짝 놀랐다. 사장이 오래 설득했지만 언니의 뜻을 거스르지 못했다. 언니는 뜻한 바 있어 떠난다는 말을 남기고 회사에서 사라졌다. 뒤에 남은 우리는 언니의 뜻한 바가 결혼인지, 이직인지, 창업인지, 유학인지 알지 못했다. 얼마 후 사장이 큰 사기를 당하고 회사 사정이 급속도로 악화되자 모두 언니의 선견지명을 칭송했다. 월급이 밀리고 하나 둘 회사를 그만두었다. 회사에는 나처럼 갈 곳이 없거나 다른 곳 찾기를 귀찮아한 이들만 남았다. 그마저도 사장에게 쫓겨나다시피 회사를 나와야 했다. 회사를 그만두고 짧은 이력이 더해진 이력서와 자기소개서를 여러 곳에 보냈지만 번번이 찬물만 마셨다.

"너 아직 직장 안 구했지?"

"네."

언니는 자신의 사무실에 한번 찾아오라고 했다.

"일할 사람을 찾고 있는데 마땅한 사람이 없네. 네가 생각나서."

월급이 적은 것이 흠이라지만 요즘 세상에 안 그런 직장도 있던가. 가끔 주말에도 일하고 야근이 있다는데 이건 언니와 같이 일했던 직장에서도 마찬가지였다.

며칠 후 언니가 일한다는 사무실을 찾아 나섰다. 거리는 멀었지만 다행히 지하철역 부근이었다. 지하철역 출구를 나서자 공사장 가림벽 사이로 대형 크레인이 늘어섰다. 지식산업단지로 조성되어 사방에서 공사가 한창이었다. 공사장 사이로 거의 완공 직전이거나 완공된 건물이 있었다. 그 가운데 한 곳에 언니가 일하는 사무실이 있었다. 암막커튼, 창문 블라인드 설치 시공을 하는 곳이다. 503호, 사무실을 들어서니 업무를 보는 책상 하나와 상담을 하거나 회의하는 테이블과 의자, 구석에 놓인 박스가 보였다. 선영 언니와 언니와 닮아 가족이나 친척이 아닌가 착각했던 사장님, 운전과 블라인드 설치 작업을 하는 채 과장이 구성원이다.

나는 언니의 추천을 받아 온갖 잡일을 도맡은 새 직원이 되었다. 제품을 뜯고 포장하고 주문하고 배달하는 누구라도 할 수 있는 일이었다. 그것도 노하우가 필요하다 하여 언니를 졸래졸래 따라다니며 익혔다. 월급은 적었지만 어려울 일도 야근이랄 것도 없었다. 지금 나에게 다른 선택 사항은 없었다. 매일 출근할 곳이 있고 꼬박꼬박 월급이 나오는 것만으로 만족이다.

사무실 구석에는 항상 수상한 분위기를 풍기는 박스가 있었다. 사장님의 남편인지 친척인지 누군가가 건강원인지 약재상인지를 운영한다고 했다. 건강에 좋은 성분이 가득하다는 시커먼 액체가 파우치에 담긴 채 박스에 들어있었다. 사장님을 포함해 언니와 채 과장은 아침에 출근해서 하나, 점심 먹고 하나씩 마시고 퇴근할 때 몇 봉지씩 챙겼다. 처음에 멋 모르고 봉지를 뜯었다가 역한 냄새에 속이 울렁거렸다. 그때 멈춰야 했다. 한 모금 마셨다가 끈적거리는 기름이 미끌미끌 목을 타고 내려가자 구역질이 났다. 다행스럽게도 종이컵에 뱉어 바깥으로 뿜어내는 실수는 하지 않았다.

"처음에는 나도 역해서 못 먹겠더라. 먹다보니 지금은 하루에 몇 개씩 먹어도 괜찮아. 초반에 너무 무리하지 말고 천천히 먹으면 돼."

언니는 표정이 구겨진 나를 보고 말했다. 언니의 말을 듣고 이걸 계속 먹어야 하나 불안해졌다. 그 생각만으로도 속이 뒤집어져 종이컵을 들고 화장실로 갔다. 그 후 누구도 나에게 액즙을 권하지 않았다. 하지만 첫 경험이 너무 강렬했기에 남들이 먹는 것만 봐도 속이 메슥거렸다. 사무실에서 풍기는 이상한 냄새가 액즙 향이라는 사실을 그제야 알았다.

내 속을 부대끼는 액즙 외에 최근에 나를 괴롭히는 일이 또 하나 생겼다. 바로 화장실에서 심각한 악취를 풍기는 사람이었다. 첫 만남은 이랬다. 지어진지 얼마 안 된 새 건물답게 화장실도 깨끗한 편이다. 5층만 해도 아직 입주하지 않은 빈 사무실이 많아 상주하는 인원은 얼마 되지 않았다. 당연히 화장실에서 누군가 마주치는 일은 극히 드물었다. 이날은 여느 때와 달리 화장실에 사람이 있어 다른 빈 칸에 들어갔다. 소변을 보는데 갑자기 요란한 소리가 들리더니 유독한 냄새가 퍼졌다. 똥냄새가 아니라 독가스래도 무방할 정도였다. 지독한 악취가 계속됐다. 나도 모르게 씨발 욕설을 내뱉었다. 더 숨을 쉬다가는 큰 병에 걸릴 것 같았다. 방광이 놀랐는지 오줌도 찔끔찔끔 거릴 뿐 제대로 나오지 않았다. 나는 볼 일 보는 일을 그만두고 급히 옷을 챙겨 올렸다. 극한의 생사 탈출이라고 할 만큼 잽싸게 화장실을 뛰쳐나왔다.

공중화장실을 이용하다보면 유독 똥냄새가 심한 사람을 만나곤 한다. 나 역시 코를 쥐어 잡고 욕을 부르는 똥냄새를 어지간히 만났다고 자부한다. 똥냄새 맡은 걸 자부한다는 건 과장이겠지만 나도 맡을 만한 똥냄새는 웬만큼 맡아보았다. 그런데 이건 차원이 달랐다. 나한테 이런 똥냄새가 나면 큰 병에 걸린 건가 밤새 잠을 이루지 못할 텐데 당사자는 어떤지 모르겠다. 나는 사무실에서 혼자 아까 겪은 끔찍한 똥냄새 트라우마를 지우려 애썼다. 잠시 뒤 외근을 나갔다 들어온 사장님은 귀신에 홀린 표정이라 하셨는데, 귀신에 홀린 게 맞다.

똥 귀신.

똥냄새 테러 이후 화장실 방문은 괴로운 일이 되었다. 평범한 화장실이냐 대단한 똥냄새가 나를 공격하느냐는 그야말로 복불복이었다. 악취 범인이 똥을 누는 특정한 시간대는 없는지 아침이건 저녁이건 똥냄새가 남았다. 똥냄새의 여운은 왜 그리도 오래 가는지 한동안 냄새가 사라지지 않았다. 내 인생 최악의 똥냄새를 가진 사람이 같은 화장실을 쓴다니 정말 불운이다. 화장실을 갔다 코를 싸매고 괴로워하며 볼일을 보지 못하고 도망쳐오기를 여러 번. 똥냄새가 직장 스트레스가 될 줄 전혀 상상하지 못했던 나는 언니에게 하소연했다.

"언니, 화장실 냄새 때문에 스트레스 안 받아요?"

"스트레스? 왜? 화장실에 무슨 문제 있니?"

언니는 무사태평했다. 화장실에서 똥냄새 귀신을 만나지 않았던 것일까. 나는 엄청난 똥냄새를 풍기는 사람에 대해 이야기했다. 충격적이었던 첫 조우부터 지금도 가끔 똥냄새 흔적을 남기는 일도 모두 말했다.

"정말? 그런 일이 있었어?"

언니는 금시초문이었다는 듯 놀랐다. 어떻게 같은 화장실을 쓰면서 독한 냄새를 느끼지 못했는지 의아했다. 외근을 많이 나가 이 건물 화장실을 자주 쓰지 않아서인 것 같았다. 원초적인 똥냄새 이야기에 언니는 지나치다 싶을 만큼 흥미를 보였다. 그날 사장님이 사무실에 들어왔을 때 언니가 쪼르르 달려가 소곤소곤 수다를 떨었다. 그 주제가 화장실 똥냄새라는 걸 알았을 때 나는 아연실색했다. 언니가 똥냄새 이야기를 이렇게 좋아할 줄이야. 언니의 이야기에 웃으며 맞장구치던 사장님이 나를 불렀다.

"똥냄새가 그렇게 심하든?"

"대단했어요. 진짜 역대급이었어요."

"호호호. 정말?"

똥냄새 이야기가 뭐가 그리 좋을까 싶게 두 사람은 크게 웃었다. 저렇게 해맑게 웃는 걸 보니 두 사람은 화장실 똥냄새 공격이 얼마나 독한지 모르는 모양이었다. 나만 똥냄새 피해를 본 것 같아 억울했다. 혹시 똥냄새 주범이 내 화장실 사용시간 패턴을 파악했나 하는 엉뚱한 생각마저 들었다. 화장실 똥냄새 공격자는 내가 잊을 만하면 화장실에 흔적을 남겨 존재감을 과시했다. 그럴 때마다 나는 똥냄새 유발자가 아직

이 건물을 떠나지 않았다는 사실이 슬펐다. 사무실의 은은한 액즙 냄새와 화장실의 똥냄새, 이 두 가지만 빼면 그럭저럭 편안한 회사생활이었다.

"아직도 못 먹겠어?"

어느 날 액즙을 두 개째 쪽쪽 빨던 언니가 물었다. 여전히 사무실에서 풍기는 액즙 냄새가 낯선데 다시 마셔보라니. 나는 첫 모금을 마시던 때의 기억이 떠올라 구역질이 나올 것 같았다.

"나도 처음에는 힘들었어. 처음에만 역하지 마시다 보면 괜찮아져."

언니는 항상 하는 뻔한 소리를 늘어놓았다. 나는 절레절레 고개를 흔들었다.

"슬슬 마셔봐야 할 때가 된 것 같은데."

언니는 사무실에 입고된 블라인드 제품을 살펴보면서 혼잣말을 내뱉었다. 언니의 혼잣말을 듣고 내가 액즙 다단계에 입사한 것이 아닌지 의심스러웠다. 매일 몇 봉씩 액즙을 마셔야 하는 회사. 액즙을 마시는 것으로 회사에 대한 충성심을 알아보는 회사. 액즙을 먹이고 강제노동이라도 시킬까 싶지만 의외로 일의 강도는 그리 세지 않았다. 도리어 일이 이렇게 없어서야 직원 세 명을 어떻게 챙길지 궁금했다.

언니는 점점 액즙 복용을 적극적으로 권했다. 다른 이들도 암묵적으로 언니의 의견에 동조했다. 문제는 다 먹고 살자고 하는 짓인데, 라는 생각에서 비롯된다. 그러다 비리도 저지르고 불법에도 눈감고 인권보호에는 안중도 없고 나처럼 이상한 액즙도 먹게 되는 거다. 아무 문제 없으니 눈 딱 감고 먹어보자, 생각했지만 도저히 엄두가 나지 않았다. 그래서 어쩔 수 없이 편법을 썼다. 구석에서 먹는 척 하면서 몰래 물병에다 뱉어냈다. 마시는 척을 해도 입에 남은 액즙 일부는 어쩔 수 없이 목으로 넘어갔다. 사람을 괴롭히는 묘한 질감도 모자라 이상한 맛까지 났다. 그것조차 괴로웠다. 나중에는 요령이 생겨 깨끗이 씻은 빈 액즙 봉지를 들고 먹는 척 했다. 언니는 액즙을 마시는 내 모습이 흡족한지 하루에 몇 봉지 먹는 건 일도 아닐 거라 말했다. 나는 아직까지 하루에 하나면 충분하다고 손을 강하게 내저었다.

액즙을 마시는 사람으로 분류된 후부터 똑같은 사람들과 똑같은 일을 하는데도 회사 분위기가 완전히 달라졌다. 블라인드 회사가 아니라 액즙 회사에 입사한 건 아닌지 걱정될 정도였다. 어느새 나는 액즙의 존재가 단지 사무실 사람만을 위한 것은 아니라는 사실을 알게 되었다. 매번 새로운 박스가 들어왔고 누군가 주문하면 배달했다. 블라인드 설치 외에 액즙 박스 판매로 돈을 버는 모양이었다. 다행인지 불행인지 액즙 주문은 계속 늘었다. 몸에 좋고 정력이 세진다면 바퀴벌레도 멸종시킬 사람들이라지만 액즙을 무슨 맛으로 마시는지 도저히 모르겠다.

일이 바빠지자 나도 액즙 박스 배달에 나섰다. 작은 박스에 포장된 액즙을 이곳저곳에 배달했다. 블라인드 설치 시공보다 액즙 판매로 회사가 돌아간다는 내 의심은 확신으로 바뀌었다. 점점 블라인드 설치보다 액즙 배달에 더 많은 시간과 노력이 소요되었다. 사무실에는 새로 배송된 블라인드보다 액즙 박스가 더 많았다. 나는 액즙을 박스에 담고 주소를 받아 배달하는 일에 익숙해졌다. 새 박스가 놓이고 배달하고 다시 새 박스가 놓이고. 액즙 박스가 블라인드를 밀어내고 사무실을 더 많이 차지할수록 냄새는 심해졌다. 이제 사무실 밖 복도에도 액즙 냄새가 은은하게 퍼졌다.

의도치 않은 배달 일로 나는 얼굴이 햇볕에 그을렸고 다리가 튼튼해졌다. 배달 일이 한가한 날 사무실 직원들이 모두 모여 중국음식으로 점심을 해결했다. 나는 사무실 막내답게 다 먹은 그릇을 봉지에 담아 사무실 문밖에 내놓았다. 짜장면, 짬뽕 냄새가 사무실 안팎으로 액즙 냄새를 가려주었다. 테이블에 둘러 앉아 믹스 커피를 한잔하며 잡담을 나눴다.

"오늘 오랜만에 한 자리에 모였는데 회식이나 하죠."

채 과장의 제안은 급한 액즙 주문 전화로 취소되었다. 우리가 함께 박스를 나르고 채 과장이 배달하러 떠났다. 곧 선영 언니도 배달할 곳이 생겼다. 나는 사무실에서 빈 박스를 정리했다. 박스와 종이, 빈 액즙 봉지를 지하 2층 재활용품 처리장에 버리고 5층 사무실로 올라왔다. 먼저 화장실에 가 액즙이 묻어 더러워진 두 손을 씻어야 했다. 아차차, 화장실에 들어서서야 나는 엄청난 잘못을 했음을 알아차렸다. 화장실에는 예의 그 똥냄새 유발자가 변기 한 칸을 차지하고 앉아 볼일을 보고 있었다. 그 생생한 지독하고 고약한 똥냄새를 실시간으로 맡은 건 이번이 두 번째였다. 지하 화장실에서 손을 씻고 왔었어야 했다. 아무리 후회해도 소용없었다. 액즙이 묻은 손을 그대로 둘 수 없어 숨을 꾹 참고 물을 틀었다. 손에 물을 묻히고 비누칠을 대충 한 후 다시 물로 헹구었다.

갑자기 변기 물 내리는 소리가 남과 동시에 화장실 문이 활짝 열렸다. 똥냄새 확산범은 손도 씻지 않고 바로 화장실을 나갔다. 세면대 앞에 붙은 거울에 범인의 모습이 똑똑히 보였다. 아니, 그러니까, 범인은 사장님? 사장님이라니. 아이쿠야, 이럴 수가. 지독하고 고약하고 끔찍하고 악랄한 똥냄새를 풍긴 사람이 사장님이었다니. 나는 한동안 멍하니 서 있었다. 그러다 강하게 공격하는 똥냄새 속에서 살아남아야 한다는 생존본능이 나를 깨웠다. 화장실 문밖으로 나와 나름 신선한 공기로 몸을 정화시킨 후 정신을 가다듬었다.

평소 검은색 복장만 착용하다 오늘따라 진한 자주색 상의를 입고 와 점심 먹을 때 채 과장과 선영 언니가 칭찬 겸 핀잔을 늘어놓았더랬다. 눈에 띄는 화려한 옷을 내가 놓칠쏘냐. 5층 복도를 몇 번 왕복하며 마음을 다스린 후에야 나는 사무실로 들어갔다. 화장실에서 거울에 비친 모습을 잠깐 보긴 했지만 똥을 싼 사람은 오늘따라 때깔 고은 옷으로 차려입은 사장님이 분명했다. 옷 색깔이며 머리모양, 덩치까지 모두 똑같았다. 사무실에는 이제 중국음식과 믹스 커피, 액즙과 똥냄새가 섞인 복잡한 냄새가 났다. 나는 이미 끝낸 박스 정리를 다시 하는 척 했다. 빗자루를 들고 사무실 바닥도 싹싹 쓸었다. 지금 무언가 일을 하지 않으면 정신을 놓을 것 같았다.

"민주 씨 하나 마시지 않을래?"

사장님이 액즙을 하나 마시며 말했다. 사장님의 입가에 묻은 액즙 흔적이 선명했다.

"아니요. 저는 아까 하나 먹어서. 이따가 먹을게요."

"호호호. 이건 먹으면 먹을수록 좋은 거니까 아끼지 말고 많이 먹어. 호호호."

사장님의 웃음소리가 사악한 마녀가 내뿜는 주문처럼 들렸다. '똥냄새야 독해져라!' 이렇게. 말도 안 되는 생각이 뇌리를 스쳐 몸서리쳤다. 설마, 아니겠지. 고민하고 주저하다 언니에게 내 생각을 말하기로 결심했다. 언니가 사무실에 들어오기까지 얼마나 긴장됐던지 언니가 모습을 드러내자 나도 모르게 긴 한숨이 나왔다.

"언니, 혹시 말이에요⋯."

"응? 뭐가?"

나는 말을 해야 하나 말아야 하나 고민했다. 액즙을 먹으면 똥냄새가 지독해진다는 게 갑자기 내 머릿속을 강타한 법칙이었다. 세상에는 없는 지독한 사장님의 똥냄새가 그 유일한 증거였다. 이쯤 되면 대상이 너무 적어 신뢰도에 문제가 있다고 따질 사람도 있을 것이다. 같이 액즙을 마시는 선영 언니나 채 과장은 무슨 경우냐고 말이다. 채 과장이야 내가 남자화장실까지는 신경을 못 쓴다. 선영 언니는 모르겠다. 하지만 똥냄새에 괴롭힘을 당하면 엄중한 조건 수립은 안중에도 없어진다.

"무슨 일인데? 무슨 고민 있어?"

"혹시 이거 먹으면 이상해지는 거 아니죠?"

아무리 용기를 내도 차마 말을 못하겠다.

"왜? 어디 이상 생겼어? 너는 제일 조금 먹잖아."

"아뇨. 그냥 액즙을 먹으면 몸 냄새가 바뀐다거나…."

액즙을 마시면 똥냄새가 심해질까 봐 걱정돼요, 라는 말 대신 에둘러 말했다. 그동안 수많은 사람들에게 액즙을 배달했으니 그중에 부작용이 생겼다는 사람 한둘쯤은 있지 않을까. 부작용 가운데 하나가 사장님의 지독한 똥냄새일까 의심스러웠다.

"이거 마시면 똥냄새가 지독해지는 거?"

언니에게서 직접적으로 똥냄새라는 단어가 나올 줄은 정말 몰랐다. 대답을 하지 않더라도 깜짝 놀란 내 표정이 무슨 말을 하려던 건지 잘 보여줄 것이다.

"으흐흐. 그럼 똥냄새라고 얘길 하지."

언니는 액즙을 마시면 똥냄새가 지독해진다는 사실을 알고도 계속 먹었다. 몸에서 나는 지독한 똥냄새를 극복할 엄청난 장점이 있는 건지 궁금했다. 여전히 액즙을 마신다는 상상만으로도 진저리치는 나는 언니의 말에 더욱 어리둥절했다.

"곧 회식해야겠다. 요즘 주문이 갑자기 늘어 회식하기도 힘드네. 내가 나중에 회식하는 것보다 더 좋은데 데려가줄게. 그럼 무슨 일인지 다 알거야."

언니는 이상한 말만 남기고 입을 닫았다. 나중에 다 알거라니 그 비밀이 무엇인지 궁금했다. 수상한 기운이 감돌았지만 매달 빼놓지 않고 입금되는 월급에 나는 더 이상 고민하지 않았다.

드디어 그날이 왔다. 전날 사장님은 나에게 중요한 모임에

간다고 말했다. 이어 언니가 나에게 전에 말한 중요한 곳이라며 눈을 찡긋했다. 중요한 곳이 아니라 좋은 곳이라고 했거든. 그 말을 듣고 뭘 입고 가야 하나 고민되었다. 곧 그런 생각을 할 때가 아니란 경고가 밀려왔다. 수상한 모임이다. 내가 납치되거나 장기 밀매에 이용되는 각종 시나리오가 머릿속을 맴돌았다. 사장님과 언니가 무사한 것을 보면 아무 일도 아닌 것 같다만.

잠을 설치고 사무실에 출근했더니 특별한 일없이 똑같은 일상이 이어졌다. 액즙을 포장하고 배달하고 또 포장하고 빈 박스를 정리하는데 사장님이 언니와 들어와 채 과장을 채근했다. 중요한 모임이라면서 어제와 그리 다르지 않은 차림새였다. 별다른 곳이 아닐지도 모른다는 생각도 들었다. 나 혼자 말도 안 되는 온갖 시나리오를 짰는지도 모른다. 얼마 후 우리는 사장님의 차를 탔다.

"어디로 가요?"

"세상을 보는 눈을 바로 뜰 수 있는 곳이지."

물어본 내가 바보지. 차는 서울을 빠져나가 국도로 들어섰다. 엄청나게 먼 곳인 모양이었다.

"멀어요?"

"서울 근교지만 그래도 나름 역세권이야."

"에이. 역까지 걸어서 이삼십 분은 걸리는데 역세권이라 뇨."

"요즘 세상에 이십분이래도 역세권 아냐?"

"서울 시내야 그렇죠. 누가 경기도에 지하철 이십분 거리를 역세권이라고 그래요. 괜히 그 말에 속아 부동산 비싸게 산 건 아니죠?"

내 질문은 사장님과 채 과장의 설전으로 끝났다. 불안한 내 마음과 달리 나머지 세 사람은 다섯 시 모임에 늦을 것 같다며 안절부절못했다. 내가 알 수 있는 것은 서울 근교에서 열리는 어떤 모임에 참석한다는 사실뿐. 그 모임이 액즙과 어쩌면 똥냄새와 상관있다는 정도였다. 진작 집에 무슨 일이 생겼다거나 누가 아프다는 핑계를 대는 건데 후회가 되었다.

차가 어디선가 멈췄다. 도착 시각은 다섯 시 이십오 분. 조금 늦었다고 다들 분주했다. 나는 차에서 내려 주변을 살폈다. 어디서나 볼 법한 소도시 풍경이었다. 언젠가 들어본 지명이 눈에 띄었다. 상가 건물과 낡은 주택이 이어졌다. 사무실 근처에서도 쉽게 볼 수 있는 프랜차이즈 가게와 서울로 향하는 광역버스도 보였다. 괜히 반가웠다. 어디로 가는지 정확하게 기억하려고 했지만 불가능했다. 평범한 건물과 길, 가게, 사람이 이어졌다. 걸음을 재촉하던 사장님은 대형 상가 앞에 발을 멈췄다.

"아이, 어떡해. 많이 늦었어."

"얼른 가시죠."

4층 상가 건물의 지하로 들어섰다. 지은 지 얼마 안 된 새 건물답게 지하도 깔끔했다. 늦은 오후 햇살이 들어 어둡지 않았다. 지하로 내려가자 양쪽으로 열리는 큰 문이 나타났다.

"원래 슈퍼 들어올 자리였데요."

언니가 사장님에게 말하고 문을 열었다. 슈퍼마켓이 들어설 자리에 무엇이 있을까? 내가 처음 본 것은 가지런하게 앉은 사람들의 뒷모습이었다. 수십 명이 빼곡하게 자리를 채웠다. 앞에서 누군가 조용히 말했다. 마이크를 쓰지 않아 뒷자리에서는 잘 들리지 않았다. 어쩌면 무슨 말을 하는지는 전혀 중요하지 않은지도 모른다. 종교행사장 같았다. 교회나 절이라는 표시는 없으니 아마 사이비일 것이다. 그러니 나에게 정확하게 무슨 일이라고 이야기를 안 했겠지.

사람들은 모두 조용했다. 계속 소곤거리던 사장님과 언니, 채 과장도 앉았기에 어쩔 수 없이 나도 구석에 자리를 잡았다. 엄숙한 분위기는 아니었지만 무언가가 나를 괴롭혔다. 그게 심리적 압박이 아니라 이 공간에 들어찬 똥냄새임을 알아채는 데는 그리 긴 시간이 걸리지 않았다. 이상한 사이비에 걸렸다. 텔레비전에서는 사이비에 빠진 사람들이 손을 번쩍 들고 정신을 잃고 고함을 질렀다. 이곳은 지나치게 조용했다. 앞에서 연설하는 이도 조용히 속삭이듯 말했다. 단지 다른 곳에서의 함성이 이곳에서는 냄새로 나타났다. 한사람에게 은은하게 풍길지 모를 똥냄새가 거대한 무리가 뭉치니 엄청난 악취가 되었다.

얼마 후 앞에서 연설하던 이가 인사를 했다. 그리고 키 큰 남자가 앞에 섰다. 그러자 분위기가 달라졌다. 조용히 앉았던 언니와 다른 사람들 역시 몸을 들썩거렸다. 이제 본격적으로 시작인가. 나는 불의를 참지 못하거나 신고정신이 투철한 인간이 아니다. 그럼에도 스마트폰을 들고 다른 이에게 들키지 않게 조심하며 이곳을 촬영했다. 지금 생각해보면 왜 그랬는지 모르겠다. 촬영이 제대로 되는지 상황은 잘 담기는지도 모른 채 스마트폰을 한 손에 고정시키고 주변 분위기를 살폈다. 앞에 선 사람이 크게 외쳤다. 울림통이 좋아 마이크를 쓰지 않아도 목소리가 공간을 가득 채웠다.

"그 분을 모시기 전에 준비운동부터 할까요?"

"네."

무슨 운동도 해? 뜨악했는데 앞에서부터 무언가가 전달됐다. 어디선가 많이 본 익숙한 것, 바로 액즙이었다. 모든 의심이 완벽하게 풀렸다. 나는 똥냄새가 심해지는 이상한 액즙을 먹는 수상한 비밀 사이비 모임에 끌려왔다. 슬쩍 뒤를 돌아보았다. 아까 들어왔던 문은 여전히 그 상태 그대로였다. 우리가 들어온 후로도 사람들이 뒷자리를 채웠다. 여차하면 그들을 뚫고 빠져나갈 수 있을까 가늠해봤다. 코가 괴롭다는 것만 빼면 아직까지 별 일 없지만 혹시 모르니까.

뒤를 돌아보며 시나리오를 짜는 동안 어느새 내 앞에도 액즙이 하나 놓였다. 매일 보던 것인데도 이곳에서 보니 새로웠다. 주변에 웃음이 번졌다. 다들 액즙을 들고 남김없이 마셨다. 나도 눈치를 보며 액즙을 들어 마시는 시늉을 하고 가

방에 넣었다. 설마 이런 행동을 눈치 챈 사람이 있을까 걱정
됐다. 가슴이 쿵쾅거렸다. 나에게 이상한 눈치를 주는 사람은
없었다.

사람들이 액즙을 마셨더니 열기가 고조되었다. 이제 슬슬
시작이다. 나는 옷소매를 손까지 잡아끌어 스마트폰을 최대
한 가리고 자리를 고쳐 앉았다. 앞쪽에서 누군가 짝짝짝 박수
를 쳤다. 큰 강당은 사람들의 박수 소리로 가득 찼다. 가슴이
다시 쿵쾅거렸다. 내가 이 모임의 열렬한 신도라면 긴장과 열
기를 맛보겠지만, 나는 이방인이었다. 아니 침입자일지도 모
른다. 사람들의 거대한 박수소리는 나를 더 불안하게 만들었
다.

한 사람이 앞쪽에 모습을 드러냈다. 160센티미터 정도 되
는 작은 몸집의 50대 여성이었다. 흰 피부가 유난히 눈에 띄
었다. 흡사 하얀 두부를 모아 빚어놓은 것 같았다. 사이비 집
단을 이끌 카리스마는 없어 보였다. 그 여성이 두 손을 번쩍
쳐들어 하늘을 바라보고 뭐라고 소리를 냈다. 사람들의 박수
소리가 잠잠해졌다. 그때 누군가 내 손을 잡아 거의 까무러칠
듯 놀랐다. 옆을 바라보니 선영 언니였다.

"이제 곧 시작할거야. 처음에는 좀 놀랄 거야. 나도 그랬는데 곧 익숙해지니까 걱정 마."

언니는 내 귀에 조용히 속삭였다. 가슴은 다시 쿵쾅쿵쾅 엄청나게 울렸다. 지금 일어나 바깥으로 걸어 나간다면 내 온몸이 엄청나게 떨릴 것이다.

앞에 선 여성이 뭐라고 다시 말을 했다. 들리지도 않는데 사람들이 열광했다. 내 옆에 있는 사장님과 언니, 채 과장도 마찬가지였다. 내 뒤에 앉은 사람들의 열기도 느껴졌다. 짧은 말이 끝나자 그 옆에 아까 여성을 소개한 키 큰 남성이 섰다.

"이제 곧 시간이 다가옵니다. 다들 영예를 받을 준비되셨습니까?"

"네."

사람들은 악을 쓰듯 대답했다. 이제야 사이비 종교집단의 본모습이 드러났다. 나는 스마트폰을 든 손에 힘을 줬다. 앞쪽 사람들이 슬금슬금 일어서더니 점차 사람들이 앞으로 밀려갔다. 내 옆의 사장님과 언니, 채 과장도 앞으로 나갔다. 내 뒤의 사람들 역시 나를 밀치고 앞으로 향했다. 어느새 나는 맨 뒷자리로 밀려났다. 도망칠 기회가 있다면 지금뿐이겠지만 맨 뒤에 멍하니 버티고 있었다. 거대한 식탁이 옮겨지고 그 위에 푹신한 방석이 놓였다. 그 위로 여성이 올라섰다. 그 여성은 강당의 사람들에게 뒷모습을 보인 채 앉았다. 여성의 뒤통수를 보자니 무슨 수작인건지 궁금했다.

그 여성이 갑자기 치마를 들쳐 올렸다. 나는 헉하고 소리를 지르다 스마트폰을 쥔 손으로 입을 틀어막았다. 여자는 치마 안에 아무것도 입지 않은 상태였다. 뒤쪽에서도 여자의 맨 살이, 맨 엉덩이가 그대로 드러났다. 사람들은 어느 누구도 놀라지 않았다. 여자의 맨 아랫도리를 보는 이상한 사이비 종교집단이라니 이해가 가지 않았다. 여성은 맨 아랫도리를 드러낸 채 방석 위에 앉았다. 앞에 선 남성이 무언가를 중얼거렸다. 이를 따라하는 사람들이 있는 것으로 보아 사이비 종교집단의 주문 같았다. 몇 분이 흘렀을까. 갑자기 남성의 목소리가 달라졌다.

"곧 영광의 시간이 다가옵니다. 모두 기쁨을 받을 준비를 합시다."

"네."

사람들의 열기는 최고조에 달했다. 어느새 내 손과 이마에서는 땀이 났다. 다시 가슴이 뛰었다. 이러다 제 명에 못살겠다고 혼자 투덜거릴 즈음, 그 여성이 엉덩이를 들었다. 사람들은 반쯤 미친 듯이 앞으로 달려갔다. 나는 앞쪽 사람들 무리와 너무 멀어지지 않게 조심하며 몸을 움직였다. 어느 누구도 큰 소리를 내지는 않았지만 앞쪽으로 몸을 밀치고 밀리는 상황이 어지러웠다. 여성이 엉덩이를 더 들어올렸다. 그때였다. 여성의 엉덩이에서 뿌지직하는 방귀소리가 났다. 아니 설사하는 소리 같지만 뭐가 중요하겠나. 앞쪽에 선 사람들이 손을 들고 울부짖었다. 난 그때부터 거의 정신을 잃었다. 똥냄새에 사람의 눈으로 확인할 만한 색이나 형태가 없다. 그럼에도 나는 지금도 확신할 수 있다. 똥냄새가 앞쪽에서 뒤쪽으로 흘러나오는 광경을 직접 목격했다고. 똥냄새는 점점 뒤쪽으로 밀려왔고 울부짖는 사람들이 늘었다.

그 냄새는 나에게 닿았다. 내가 화장실에서 맡았던 똥냄새는 가히 최고였다. 하지만 이건 그 냄새의 차원을 넘었다. 분명 이 세상의 것이 아님이 분명한 그 냄새라니. 온 몸의 장기가 썩어 문드러질 것 같은 그 냄새. 피부가 타고 머리카락이 다 뽑혀나갈 것만 같은 그 냄새. 사람이 죽을 수도 있겠다 싶지만 죽을 때까지 폐가 타도록 냄새를 맡아야 한다는 사실이 더 괴로울 그 냄새. 억지로 숨을 참아보았자 피부 숨구멍을 통해 들어와 심장을 고압에 감전시킨 것처럼 충격을 줄 그 냄새. 그걸 떠올리는 것만으로도 기절할 것 같다. 나는 정신을 잃기 직전에야 빨리 밖으로 나가야 살 수 있다고 생각했다. 제대로 걷기 힘들었다. 누군가 나를 붙잡지 않을까 하는 걱정도 들지 않았다. 냄새를 맡은 후의 기억은 다른 사람의 기억을 내가 억지로 재생시키는 것 같았다. 실제 일어난 일이라고는 여전히 믿기지 않았다.

나는 엉거주춤 뒷문으로 향했다. 어느새 그 냄새는 뒷문까지 당도했다. 이곳에서 빠져나갈 수 있을까 불안해질 찰나 뒷문이 왈칵 열렸다. 나는 그대로 주저앉듯이 무너졌다. 바깥공기가 확 밀려왔다. 결코 향기롭다거나 상쾌한 공기는 아니었지만 지금은 내 생명줄과도 같은 달콤한 공기였다. 문을 열고 누군가 들어섰다. 나는 그대로 주저앉은 채 멍하니 문을 열고 들어오는 이를 쳐다보았다. 액즙 박스를 배달할 때 보았던 낯익은 이였다. 하지만 그는 나를 알아보지 못 한 채 급히 들어서려다 나를 발견하곤 깜짝 놀랐다. 나는 그 와중에도 손에 쥔 스마트폰과 팔뚝에 끼워둔 가방의 무게를 느꼈다.

"아이고."

"아니요. 문을 열다가 그만."

직장생활을 하면서 배운 것이 있다면 바로 눈치였다. 나는 평정을 가장하고 한 손에 들었던 스마트폰을 귀에 대고 통화하는 척했다. 문을 지나 광명의 세상으로 나왔다. 계단을 올라가는 내내 다리가 계속 후들거렸다. 문이 제대로 닫히지 않아 쾅 소리가 들려 뒤를 돌아보고 발걸음을 급히 옮겼다. 황사와 미세먼지, 매연이 가득한 공기인들 어떠하리. 지독한 똥냄새를 풍기는 무리에서 벗어난 나에게 지금 공기는 생명과도 같았다. 계단을 다 올라 상가 건물을 벗어나자 점점 안정되었다. 하지만 뒤에서 누가 쫓아오는 것은 아닌지, 전화를 걸어 협박하는 것은 아닌지 걱정되었다. 나는 영상 촬영을 중단하고 길가로 나섰다. 이제 집으로 가자. 여전히 심장은 두근두근하고 다리는 후들거렸지만 내가 갈 곳은 집이다. 큰길가로 나섰지만 어디로 가야할지 도저히 알 수 없었다. 오는 길에 광역버스도 보고 지하철역도 가까이 있다 들었지만 어디서도 찾을 수 없었다. 나는 택시를 잡아탔다.

"가까운 지하철역에 가주세요."

아무리 비상상황이라도 집까지 택시를 타고 가기에는 무리였다. 나는 택시를 타고 지하철역까지 가기로 했다.

"아이고, 젊은 아가씨가 똥밭에서 구르다 오셨나 이게 무슨 냄새래요?"

택시운전기사 아저씨가 코를 킁킁거렸다.

"아, 네. 죄송합니다."

택시 뒷좌석에 앉아 정신을 가다듬었다. 내 몸에서 특유의 똥냄새가 났다. 내 피부와 머리카락, 옷에 그 냄새가 잔뜩 뱄다. 나는 팔을 들어 냄새를 맡았다. 짧은 시간에 이렇게 진한 냄새를 남기다니, 나는 아연실색했다. 택시에서 내려 지하철을 타고 다시 버스를 갈아타고 집으로 오는 내내 사람들의 눈치를 살폈다. 시간이 흘러도 냄새는 여전해서 가까이 온 사람들이 얼굴을 찡그리고 피할 때마다 저절로 고개가 내려갔다.

집에 도착한 후 가방을 던져놓고 뜨거운 물에 오랫동안 샤워하고 옷은 세제를 잔뜩 넣어 빨았다. 세탁기가 돌아가는 소리를 들으며 침대에 누워있자니 꿈이거나 혹은 환상 같았던 광경이 다시 떠올랐다. 똥냄새를 풍기는 여자와 그걸 맡고 흥

분하는 사람들, 이상한 액즙을 먹으며 고약한 똥냄새를 만들어내는 사람들. 이해가 되지 않았다. 똥냄새를 뿌리고 다니는 사이비라니. 직접 겪지 않고 이야기를 들었다면 웃긴 농담으로 여겼으리라. 하지만 여전히 내 몸에 남은 똥냄새처럼 엄연한 현실이었다.

그 후 나는 다시 사무실로 출근하지 못했다. 언니가 전화를 걸었지만 받지 않았다. 몇 번이고 울리던 전화벨소리는 얼마 후 완전히 멈췄다. 사무실에 두고 온 슬리퍼와 칫솔치약, 약간의 간식거리는 생각나지도 않았다. 나는 원룸 침대에서 뒹굴며 혼자만의 시간을 보냈다.

똥냄새 사이비에 대한 뉴스가 방송에 나오면서 나는 그 기억을 영원히 떨쳐낼 수 없으리라 생각했다. 뉴스에 따르면 이들은 세상의 모든 악과 자신 안에 숨은 나쁜 기운을 냄새로 뿜어내는 단체였다. 똥냄새를 지독하게 만들어 혹취교라는 이름을 얻었지만 모두 똥냄새 사이비라고 불렀다.

똥냄새 사이비는 이름과 그 행동의 특이함 탓에 네티즌의 비웃음거리가 되었다. 액즙 구입에 돈이 들었지만 돈을 요구하거나 여성들의 몸을 빼앗는 일은 없었다. 가정이나 학교, 회사에서 도망쳐 어디론가 숨지도 않았다. 건전한 사이비였다. 단지 점차 고약한 똥냄새를 풍기는 것으로 그 존재감을 과시하면서 다른 가족들과 동료들이 꺼리는 존재가 되었다. 세상의 악을 없애는데 사람들이 알아주지 않는다고 억울해하며 눈물을 보이는 교인을 보았을 때 나는 다시 그 냄새가 나는 것 같아 구역질이 났다. 사장님과 채 과장과 같은 평범한 사람들, 선영 언니처럼 친하게 지냈던 사람들. 똥냄새를 풍긴다면 나 역시 그들을 피할 것이다.

조용한 내 생활은 사이비 종교 집단이 뉴스에 나오고 사람들 입에 오르내리는 것으로 끝장나지 않았다. 강당에서 촬영해온 그 영상을 왜 인터넷에 올렸는지 나도 모르겠다. 나한테 무슨 정의로움이나 환호 받고 싶어 하는 일말의 감정이 숨어있었을까. 똥냄새에 취해 내가 아닌 무언가가 내 행동을 조종했다고 믿고 싶다. 내 영상 하나로 사이비 종교 집단은 단순히 나쁜 냄새를 풍기는 집단, 네티즌의 비웃음거리에서 거대한 악의 무리가 되었다. 흔들리고 바닥이나 벽을 촬영하거나 사람들 등에 막히는 등 촬영영상의 품질은 나빴다. 그럼에도 영상은 금세 퍼졌다. 인터뷰를 요청하는 메일을 받은 순간 나는 아차 싶었다. 내가 왜 이런 짓을 저질렀나 뒤늦게 후회되었다.

종교라면 모든 것을 버릴 준비가 된 사람이 한둘이던가. 지독한 냄새에 환장하는 사람들이 나 하나 없애는 것은 식은 죽 먹기다. 그제야 불안해졌다. 원룸을 떠나 당분간 고향집에 가 있을까 했지만 그래봤자 가족에게도 피해가 갈 것이다. 어디로 갈 곳도, 사정을 솔직하게 이야기할 사람이 없다는 사실이 힘들었다. 나는 누구와도 접촉을 하지 않는 것으로 이 상황을 극복했다.

시간이 흘러 똥냄새 사이비 교인들이 모두 어디론가 사라졌다는 뉴스가 나왔다. 조용한 내 생활도 이제 변화를 주어야할 때였다. 오늘은 기분을 내보기로 했다. 하지만 백수인 내가 할 수 있는 일이란 게 제한적이었다. 나는 버스 몇 정거장 거리에 있는 백화점으로 발길을 돌렸다. 아무런 걱정 없이 일상을 누리는 사람들과 옷, 맛있는 먹을거리를 눈에 담아 마음의 안정을 찾고 싶었다. 평일임에도 백화점은 여느 때처럼 사람들로 혼잡했다. 그동안 심신이 지쳐서일까 백화점을 둘러보는 데도 진이 빠졌다. 그래도 오랜만에 나온 김에 좀 더 시간을 보내고 싶었다.

망설였지만 백화점 화장실도 들렀다. 화장실도 사람들로 붐볐다. 똥냄새 사이비가 등장한 이후 백화점이나 대형마트, 지하철 등 다수가 사용하는 화장실에서는 냄새를 없애려는 특별한 노력을 벌였다. 이 화장실에서는 지독한 방향제 냄새가 풍겼다. 그 똥냄새가 나지 않는다는 것만으로 나는 안심했다. 화장실 공포증이 조금 줄어든 것 같았다. 볼일이 급하지는 않았는데도 막상 줄을 서 기다리자 마음이 조급해졌다.

사람들이 빠져나가고 내 차례가 되었다. 덜렁덜렁 흔들리는 화장실 문을 열고 들어서자 뭔가 특이한 냄새가 내 코를 확 스쳤다. 불안했지만 내 뒤로 화장실이 비기를 기다리는 사람들이 많았다. 나는 화장실을 들어가 변기에 앉았다. 그리고 내 코를 건드린 냄새가 지독한 방향제 냄새에 가려진 그 똥냄새라는 생각이 들었다. 냄새가 미약했기에 마음은 혼란스러웠다. 아닐지도 몰라, 똥냄새에 민감해진 내 마음 때문일 거야, 속으로 되뇌었지만 불안이 더 커졌다. 나는 볼일을 잽싸게 보고 물을 내리고 재빨리 옷을 추스르고 문을 열고 나가기로 했다. 마음속으로 빨리빨리를 외쳤다. 그러면 내 행동이

저절로 빨라질 것처럼.

그 순간 내 주변을 감싸던 독한 방향제 냄새가 사라진 진 공상태가 느껴졌다. 아니다. 그건 방향제 냄새를 덮어 버리고 내 주변을 둘러싼 지독한 똥냄새였다. 옆 변기에서 푸드득 하 는 요란한 소리가 들렸다. 내 콧구멍, 땀구멍으로 기억 속에 남아 있는 그 똥냄새가 나에게 공격을 가했다. 나는 화장실 문을 박차고 이 공간을 얼른 탈출했다. 머리가 어질어질했다.

찡그린 얼굴로 화장실 문을 나섰다. 뒤쪽에 선 사람들이 내가 그 똥냄새의 진원지인 양 나를 노려보았다. 내가 아니라 고, 다른 사람이 남긴 냄새라고 이야기하고 싶었다. 이 짧은 순간에도 내 옷에 똥냄새가 진하게 뱄다. 내 눈에는 눈물이 찔끔 고였다. 이 똥냄새가 영원히 나에게 달라붙어 다닐 것 같다.

혼자만
아는
이상한
사람

왜 나인가. 전주출장이 결정되면서부터 내 머릿속에는 계속 이 말만 떠올랐다. 전주, 좋다. 한옥마을이나 전동성당을 들르고 콩나물국밥, 비빔밥 같은 맛있는 먹을거리를 챙겨먹을 수 있잖은가. 하지만 예사 출장이 아니었다. 입사한지 이제 세 달 갓 넘긴 나한테 지방 출장을 맡기다니. '이 회사 좀 이상한 거 아냐?'하는 생각만 자꾸 들었다. 애초에는 나 혼자 떠날 출장이 아니었다. 처음에는 김 부장님이, 그 다음에는 김 과장님이, 마지막으로는 박 대리님이 함께 가기로 했다. 하지만 중요한 자리니 어쩌니 하며 서로 미루고 미루더니 초짜인 내가 혼자 가는 것으로 결정 났다.

출장 내용만 해도 그렇다. 2년 전인가, 3년 전에 회사에서 명예퇴직을 당해 전주로 귀향한 상사를 찾아가는 일이었다.

단지 찾아가 인사를 하는 일이래도 말단인 나한테 시키는 게 이상하다. 나는 한 번도 만난 적 없는 초면 아닌가. 그런데 그 상사를 찾아가 아쉬운 소리를 해야 한다. 예전에 그 사람이 주도한 계약과 관련해 도움을 받을 일이 생겼다나 뭐라나. 나는 누군지, 무슨 내용인지도 모른 채 상사들의 명령을 명한 표정으로 듣고 기억했다. 중요한 일이니 잘 부탁한다며 누군가 나에게 말했다. 말이야 방귀야. 중요한 일이면 나 같은 신입만 보내면 안 되는 거잖아. 물론 이런 말 따위 절대 입 밖으로 내뱉지 않고 그냥 고개만 끄덕였다.

전주로 떠나기 전, 만난 적 없는 회사 상사였던 그 사람에게 전화를 했다. 여차저차해서 찾아뵙게 되었다고 말을 하자 그는 허허실실 웃기만 했다. 그가 회사를 떠나기 전 직책은 이사였다. 백 이사님, 나는 그에게 한껏 비굴함을 담아 인사했다.

버스터미널에서 내리자 옅은 불안이 밀려왔다. 친한 사람과 여행을 왔다면 불안은 설렘으로 바뀌었을 것이다. 나는 어려운 미션을 수행하러 이곳에 왔다. 택시를 탔다. 약속시간에 늦지는 않을 것 같았다. 내가 가야 할 곳은 백 이사가 운영한다는 아귀찜, 해물탕 가게다. 택시를 타고 근처에서 내려 스마트폰으로 지도를 검색하며 골목으로 접어들었다. 인기척이 전혀 느껴지지 않는 한산한 자리에 가게가 있었다. 아직 점심시간전이라지만 을씨년스러울 만큼 적막했다. 가게의 존폐가 걱정되었다. 분명 백 이사의 퇴직금을 털어 마련했을 가게가 아닌가. 가게 앞에서 전화를 했더니 가게 2층 창문을 열고 그가 나를 불렀다. 2층은 사무실로 주변 분위기만큼 고적했다. 백 이사를 처음 만난다. 나는 회사에서 외운 대로 백 이사에게 사정을 설명했다.

"이놈들 일 대충대충 하는 건 여전하다니까. 아무 것도 모르는 신입을 보내면 어쩌자는 거야?"

"아, 네네."

내가 할 일은 무조건 고개를 수그리고 백 이사의 말에 찬성하는 것이었다.

"내가 어쩌면 돼?"

"한번 미팅에 참석해 주십사 합니다."

아마 한두 번의 모임 가지고는 끝나지 않을 성싶었다. 자세한 사정을 모르는 나는 첫 번째 당부만 전달하면 된다. 그가 서울 회사에 발을 내딛는 순간 다른 이들이 앞으로의 일을 계획할 것이었다.

"그러지 뭐. 알았어."

"네?"

백 이사가 어떤 사람인지 이 짧은 만남으로는 알지 못하겠다. 내가 첫눈에 사람을 100퍼센트 확실하게 파악한다면 이놈의 회사에 입사하지도 않았을 것이다. 상사들이 이 출장을 꺼린 첫 번째 이유는 그의 까다로운 성격 탓이었다. 어떻기에 생판 알지도 못하는 나한테 출장이 밀렸나 아까까지도 겁에 질려 있었다. 아직까지는 분위기가 괜찮다. 이 정도면 일이 쉽게 풀린 것 같았다. 쉽게 승낙을 받아내면서 전주 출장은 싱겁게 끝났다. 잔뜩 힘이 들어가 있던 몸이 스르르 풀리면서 입가에 배시시 미소가 나왔다.

"점심시간인데 밥이나 먹고 가지?"

"네. 그러시죠."

밥 먹는 것이야 각오했다. 여차하면 밤에 술을 마시고 전주에서 1박하는 것도 고려하던 참이었다. 일이 쉽게 해결이 되니 친하지도 않은, 아니 오늘 처음 본 그와 점심을 먹는 게 신경 쓰였다. 하지만 아직 끝난 게 아니었다. 헤어지기 전까지 그의 비위를 맞춰야 했다. 우리 둘은 1층으로 내려와 여전히 사람이라고는 코빼기도 보이지 않는 가게로 들어섰다.

"여보, 임자, 마누라."

"왜요?"

주방 안쪽에서 중년 여성이 등장했다.

"안녕하세요?"

나는 다시 꾸벅 인사를 했다.

"회사에서 내려온다는 직원인 모양이네."

"우리 점심 먹으려고 하는데."

"그래서 몇 인분요?"

"한 20인분은 해야 되지 않겠나?"

"좀 기다려 보슈."

20인분이라니. 나는 메뉴판을 살폈다. 해물탕과 아귀찜은 대자와 중자만 있었다. 메뉴 하나당 이삼만 원 내외이니 20인분 식사라면 10만원은 넘을 것이다. 출장비로 올리면 되지만 20인분 식사 값을 뭐라 설명하나 난감했다.

"돈 내란 말은 안 할 테니 놀라지 마."

내 표정에 드리운 뜨악함을 보았나 보다. 20인분 식사는 어디에 쓰나 싶었는데 의문은 얼마 안 돼 풀렸다. 12시가 되자 사람들이 들이닥쳤다. 나와 백 이사까지 합쳐 스무 명이었다.

나는 그들과 함께 어색한 표정으로 식사를 했다. 이 모임의 첫인상은 한량 집합소였다. 교수, 회사원, 스님, 카페주인, 동사무소 직원 등 직업과 나이대가 다양한 사람들이 한낮부터 모여 수다를 떨며 점심을 먹었다. 분위기를 보아하니 한두 번 모인 것이 아니었다. 식사를 마친 후 카페주인을 따라 그가 운영한다는 카페로 갔다. 동사무소 직원은 민원인이 무섭다며 떠났지만 나머지는 2차도 함께였다. 이쯤해서 빠져도 괜찮겠거니 싶었는데 백 이사 손에 이끌려 카페까지 따라갔다. 모임 멤버들은 팥빙수와 커피, 빵을 먹으며 다시 수다 삼매경에 빠졌다. 지역 현안 이슈가 주 화제였다. 정치, 경제, 사회 뉴스는 물론 곧 있을 지역 축제 행사 진행상황도 공유되었다. 어디서도 보지 못한 낯선 분위기였다. 저녁식사와 술자리까지 이어질 분위기라고 생각했는데, 아니나 다를까 누군가 술집을 예약했다. 언제 빠져야 하나 눈치를 살폈다. 이러다가 술까지 마시고 진짜 전주에서 1박을 할지도 모른다. 갑자기

학교에 급한 볼일이 생겼다며 대학 교수가 자리에서 일어섰다. 그는 나에게 대학교에 있는 시외버스를 이용하라며 차를 태워주었다. 대학교 교내에 시외버스를 타는 작은 터미널이 있었다. 시간표를 보니 20분만 기다리면 서울로 올라가는 버스가 도착한다.

이제 서울로 간다. 나는 회사에 상황을 설명하고 버스를 타고 서울로 올라간다고 알렸다. 도중에 한번 휴게소에 들르는 것을 감안하면 서울까지 세 시간 정도 걸릴 것이다. 앞자리에 승객 세 명이 나눠 앉은 것을 빼면 뒷자리는 텅텅 비었다. 이래서야 운영이 될까 걱정됐지만 그건 내 알바가 아니었다. 뒤쪽에 자리를 잡고 앉으니 마음이 편안해졌다. 혼자 떠난 출장 스트레스가 한 번에 풀렸다. 잠을 자다 깨다 선배의 메시지를 받아 상황을 설명하기를 수차례, 버스는 어느새 휴게소로 들어섰다. 볼일을 보고 저녁식사 시간이니 배를 채워야겠다 싶어 간단한 간식을 먹었다.

휴게소를 떠난 버스는 다시 서울로 향했다. 그런데 얼마 안 돼 배가 슬슬 아파왔다. 20대를 넘기면 아픔에도 익숙해진다. 복통이 참을만한 수준에 그치기도 하지만 거대한 폭풍

처럼 다가와 급히 화장실로 달려가야 하는 상황도 있다. 애석하게도 지금은 두 번째 상황이었다. 배를 찌르는 아픔은 저절로 그칠 게 아니었다. '화장실, 화장실을 가야 해!' 내 뱃속은 크게 외쳤다. 인생은 얼마나 얄궂은가. 휴게소를 떠나자마자 급한 똥 위기에 빠지다니.

생각조차 할 수 없는 급한 상황이 밀려왔다. 나는 숨을 고르며 뱃속을 안정시키려 노력했다. 손으로 배를 문지르고 주물렀다. 소용이 없었다. 휴게소에서 산 생수는 마실 엄두를 못 냈다. 배를 만졌다 눈을 감았다 시계를 봤다 머리를 앞좌석에 기댔다 이리저리 몸을 움직여도 배와 항문에서 전해지는 메시지는 한결같았다.

똥이 마렵다!

화장실을 가야 해!

급하다!

배가 찌른 듯이 아프다 잠시 후 가라앉았다 다시 복통이 시작되었다. 뱃속의 강약 조절을 받으며 나는 반쯤 미칠 지경이었다. 아니 이미 반쯤 정신을 잃었다. 한참 참고 또 참다 도저히 안 되겠다 싶어 기사에게 휴게소를 들러달라고 말하려는데 바로 옆으로 휴게소가 지나갔다. 다음 휴게소는 몇 십 킬로미터나 남았다. 운명은 얼마나 가혹한가. 겨우 용기를 냈는데 상황은 더 위급해지다니. 나는 마인드컨트롤을 하며 내 뱃속을 진정시켰다. 어느새 이마에서는 식은땀이 났다. 내 항문 컨트롤타워는 조금은 참을 수 있다와 도저히 참을 수 없으니 당장 싸야겠다 사이를 오고갔다. 제발 참아라. 나는 모든 의지를 괄약근에 모았다. 배와 항문에 가해지는 통증과 위기 상황을 참고 견뎠다.

고속버스에서 똥을 쌀 수 없다는 의지력이 강해서일까. 버스는 어느새 서울톨게이트를 지났다. 도로가 막히지 않는다면 터미널까지 20분 정도 걸린다. 문제는 지금이 퇴근시간대라는 사실이었다. 양방향으로 꽉꽉 들어찬 승용차, 버스, 트럭을 보니 욕지기가 났다. 아니 지금은 욕하는 데 정신을 쓸 때가 아니다. 살살 배를 어루만지며 눈을 감았다. 슬금슬금 버스가 속도를 냈다. 그때 휴대폰이 울렸다. 깜짝 놀라 온 힘을 주고 있던 괄약근이 풀릴 뻔했다. 회사였다. 목소리가 제대로 나오지 않았다. 자기들은 이제 퇴근하니 나도 바로 집으로 가도 좋단다. 전주까지 당일 출장을 다녀왔는데도 다시 회사까지 오라고 할 셈이었나. 아니다. 내 똥꼬에서 벌어지는 전쟁을 막을 수 있다면 얼마든지 야근을 하고 밤을 샐 수 있다. 제발 나에게 똥의 반란이 없는 편안한 야근을 허락해 주소서.

버스는 주춤주춤하다 슬금슬금 기어가기를 반복했다. 도로 양 옆으로 늘어선 차가 뿜는 라이트 불빛이 나를 향한 공격처럼 느껴졌다. 안 돼, 안 돼. 제발, 정신을 차려야 해. 똥꼬야, 힘을 내. 조금만, 더 힘을 내자꾸나. 이마에서 흐르던 식은땀이 이제 온 몸에서 났다. 몸을 조금이라도 움직이면 그 사이로 똥이 비집고 나올까 나는 허리를 약간 숙인 자세로 고정했다.

"아! 아! 아! 테스트 해보렵니다."

나는 순간 귓속에서 들려온 소리에 깜짝 놀랐다. 몇 십 분간 석고상처럼 고정했던 자세가 한꺼번에 흐트러졌다. 안전벨트만 아니라면 벌떡 일어났을 것이다. 엄청 놀랐는데도 다행히 똥을 지리지 않았다. 머릿속에서 울린 이상한 소리에 정신이 멍해졌다. 똥독이 머릿속으로 올라와 내 머리가 이상해진 건가 싶었다.

"저는 당신들 말로 하자면 외계인이라는 존재인데요."

처음 내 머릿속에 들린 것은 이명이 아니었다. 엄연한 사람 말소리가 다시 이어졌다. 내가 미친 것일까. 이러다 고속버스에서 똥을 지리고 소리를 지르며 난동을 피우는 것일까. 아무리 내가 정신을 놓는데도 똥 싼 남자라는 타이틀은 거부한다. 제발 그것만은. 갑자기 왜 내 머릿속에서 목소리가 들리는 것일까? 지금 내 머리는 숨 쉬고 심장박동을 하고 피를 온몸으로 순환시키는 필수 시스템 외에는 거의 대부분 내 똥구멍을 막는 데 할애되었다. 자꾸 이상한 목소리가 들리면 나는 정신을 딴 데 쏟을 수밖에 없고 그러다 보면 생각이 많아지고 고차원적인 생각을 하다보면 똥구멍에 살짝 틈이 벌어지고 그러면 나는 똥을 싸게 될 것이다. 바로 여기 서울로 향하는 전주발 고속버스 안 뒷자리에서 말이다.

버스 안에 승객이 적고 뒷자리에는 나 혼자 앉았다는 사실에 안도하는 현실이 싫다. 이러다 정말 똥을 지린 채로 버스에서 내리는 것은 아닐까. 평소 입던 헐렁한 사각팬티가 아니라 드로즈를 입고 온 것도 신의 한수였다. 혹시 설사라도 지렸다가 사각팬티 사이로 흘러내리는 대참사가 일어날 수도 있었다. 자꾸 이런 생각을 하는 내가 싫다. 나는 꼭 화장실 좌변기에 앉아 똥을 쌀 거다. 그러니까 제발 나를 시험에 들게 하지 말라.

"지금 여러 생각이 많겠지만 한번 제 제안을 들어주십쇼."

이놈의 목소리가 또 시작이었다. 자꾸 내 머릿속을 어지럽혀 나를 혼란스럽게 만든다. 다행스럽게도 나는 오늘 어두운 색 면바지를 입었다. 똥을 싸도 흔적이 보이지 않겠지. 아니 설사물이 흥건하면 엉덩이 쪽이 젖을 텐데, 그런 흔적은 어두운 색 바지에서 더 선명하게 나지 않을까. 엉덩이 부분이 축축하게 젖은 채 똥냄새를 풍기며 집에 가는 상상만으로도 비참했다. 그리고 자꾸 부족한 뇌세포를 일깨우며 이런 시나리오를 검토하고 있는 나도 싫다.

"뱃속에 향수가, 아차 똥이 가득 차 힘든 건 이해합니다만."

내 머릿속 의문의 목소리가 똥 이야기를 하고 있다. 그럴 줄 알았다. 급한 똥에 온 신경이 가다 보니 똥 환청이 들렸다. 제발 똥 생각이 나한테서 떠나 버렸으면. 나는 다시 신경을 똥구멍에 집중하고 바깥을 바라보았다. 밖은 어둑어둑해졌고 멀리 서울 불빛이 보였다. 제발, 그때까지만 참자.

"저와 거래를 하는 건 어떨까요? 그것을 주면 저도 좋고 당신도 좋고요."

이 목소리는 왜 자꾸 들릴까. 나는 바깥을 내다보다 눈을 감고 눈두덩을 손가락으로 꾹 눌렀다. 정신을 잃지 말자. 이상한 생각이 들더라도 똥만은 싸지 말자. 제발 시간아 빨리 가라, 아니 시간이 빨리 가는 게 아니라 버스야 빨리 가라. 쭉쭉 밀고 얼른 터미널에 들어가라. 시간아 흘러라. 잠깐 눈을 감고 시간이 빨리 흐르기를 기도했다. 시간이 얼마나 흘렀는지 시계를 보니 겨우 1분밖에 지나지 않았다. 버스는 또 갑자기 멈췄지?

"저는 당신의 똥을 원합니다."

내가 살면서 놀랄 일은 여러 번 겪었지만 지금 가장 크게 놀랐다. 똥을 싸지 않으려 안간힘을 쓰는 내 곁에 이상한 존재가 있었다. 잠깐 눈을 감았다 떴을 뿐인데 인기척도 없이 나타났다. 사람이 아니라 존재라고 한 것에 유의해 달라. 내 옆에 나타난 존재가 사람과는 다르다는 것을 똥구멍에 온 의지를 보낸 상태에서도 깨달을 수 있었다.

"어허헉."

나는 아무 말도 못하고 얕은 비명을 질렀다. 큰 소리는 애초에 나오지 않았다. 깜짝 놀란 와중에 잠시 똥꼬 틈이 헐렁해졌는데 이를 다시 조이느라 더 큰 의지를 써야 했다. 살짝, 그러니까 아주 살짝 지렸는지도 모르겠다. 하지만 지금 그런 생각은 싫다. 나한테 벅찬 상황이 너무 많다. 뱃속을 요동치며 빨리 내보내달라는 설사와 갑자기 내 옆에 나타난 이상한 존재. 혹시 버스 앞자리 쪽 승객인가 싶었지만 몸을 치켜들어 앞쪽을 바라볼 자신이 없었다. 애초에 인간과는 다른 존재가 버스 승객일리는 없다는 확신이 강하게 들었다.

아까 내 머릿속에 외계인이라는 단어가 들린 것 같은데. 그렇다면 내 옆에 있는 이 존재가 외계인? 외계인 신봉자는 아니지만 외계인이 내 옆에 나타난다면 신기하고 놀라운 일일 텐데. 그러나 지금 나에게 외계인이나 지구멸망 같은 어떤 주제도 아무 의미 없다. 빨리 화장실에 가서 똥구멍 끝까지 진격한 똥을 해결하지 못한다면 말이다. 내 머릿속 목소리 주인공이 이 존재라면 똥 이야기는 뭐지? 나는 식은땀을 뻘뻘 흘리며 다시 이성을 찾으려 애썼다. 안 된다. 이상한 헛것에 홀려 똥을 싸면 안 된다. 여기는 아직 고속버스란 말이다. 이제 서울의 고층건물이 서서히 보이고 있지 않느냐. 제발, 조금만 참자.

"그러니까 제 이야기 좀 들어주시죠."

"야이, 개씨바알."

온 몸에 식은땀이 가득했지만 입안은 바싹 말라 목소리조차 제대로 나오지 않았다. 이것만 밝히겠다. 나는 평소 욕을 많이 하는 사람은 아니다. 가끔 욕이야 하지만 버스 뒷자리에 앉아 똥이 마렵다고 욕을 하지 않는다는 뜻이다. 하지만 도대체 누가! 왜! 자꾸 꽉 틀어막은 내 똥구멍을 방해하는 거야. 나는 꽥 소리를 지르고 싶었지만 너무 많은 에너지를 쓰면 안되기에 꽉 잠긴 목소리로 웅얼웅얼 거렸다.

그때 그 존재가 나에게 무언가를 내밀었다. 작은 알약인데 잠시 똥을 막아 자신이 원하는 때 생산하게 도와준단다. 평생처음 본 이상한 존재가 내민 수상한 알약. 제정신이라면 절대 듣지 않겠지만 나는 알약을 받아 입안으로 넣었다. 지금 내급한 똥을 해결해준다면 무슨 짓이라도 할 것이다. 내 몸 안의 수분이 식은땀으로 빠져나간 탓인지 입안은 건조했다. 알약은 입안에서 혀와 잇몸을 간지럽힐 뿐 목구멍으로 넘어가지 않았다. 나는 겨우 침을 모아 알약을 삼켰다. '아무 소용이 없잖아. 이 개자식아.' 소리를 지르려는 찰나 급한 똥 위기경보에 가려 그동안 소홀히 했던 복통이 조금 사라졌음을 깨달았다. 긴박한 똥 쌈 위기도 서서히 줄었다. 여전히 이마에는 식은땀이 가득하고 열사병에 걸린 것처럼 머리가 빙빙 돌았지만 다급한 상황은 벗어났다.

내 옆의 존재는 사라지지 않았다. 내가 똥 위기 상황에서 본 헛것이 아니라는 뜻이다. 그제야 그 존재가 무척 미심쩍었다. 알약으로 위기를 벗어난 것은 다행이었지만 낯선 존재가 한국어를 능숙하게 하다니. 어느 누구도 눈치 채지 못하게 버스 안으로 들어온 것만 봐도 수상했다. 정말 외계인인가? 나는 소스라치게 놀랐다. 이 외계인의 피부인지 옷인지는 창백한 엷은 청록색이었다. 납작한 머리에는 눈코입귀 모두 달려 있었지만 왠지 그 모양이 친숙하면서도 낯설었다. 팔이 두 개, 다리도 두 개, 꼬리는 없었다. 기껏해야 80센티미터 정도. 비쩍 마른 아이가 서 있는 것 같았다. 내가 이상한 눈으로 쳐다보자 그 존재는 자신의 모습을 들여다보았다.

"많이 이상한가요? 나름 인간의 아이처럼 꾸며보았는데요. 인간들은 작은 아이를 좋아하니까요."

인간의 작은 아기 흉내를 냈다는 존재는 아까 내 머릿속에서 울리던 그 목소리로 차근차근 말했다. 그 존재는 우주에서 똥을 파는 장사꾼이다. 똥을 팔다니, 그게 말이 되냐 싶지만 지금 내 앞에서 말하는 이상한 존재부터 이해 불가다. 외계 어디에선가 인간의 특별한 똥이 인기를 얻었고, 이 외계인은 똥으로 고부가 가치 산업을 일구었다. 문제는 인간의 똥, 그 중에서도 특정한 똥을 구하는 어려움이었다. 이 외계인은 특별한 똥을 생산하는 인간을 찾아 지구에 자주 모습을 드러냈다.

"제가 요모조모 살펴보았는데 당신 똥이 꽤 괜찮아서 말이죠. 당신의 똥을 구하고 싶습니다."

외계인은 정중하게 내 똥을 원한다고 말했다. 인간의 똥을 원하는 외계인이라니, 이게 몰래카메라일리는 없지만 상상 이상인 상황에 머리가 지끈거렸다.

"가끔 똥을 가져가면 무얼 줄 거냐고 묻는 인간들도 있습죠. 안타깝게도 무엇도 드릴 것이 없습니다. 지구에 연락하는데 돈이 엄청나게 들거든요. 인간들은 아무데서나 똥을 생산하는 일을 싫어하잖습니까. 저는 그걸 해결해드릴 뿐입니다. 저는 인간의 똥을 원하는 외계인에 불과한 걸요."

외계인은 짐짓 불쌍해 보이려는 듯 양손을 활짝 펴보였지만 이 행동조차도 어색했다. 인간처럼 보이려고 했다면 완벽한 실패다. 게다가 어린아이처럼 보일 의도였다면 최악의 실수다. 외계인은 내가 어디서 어떻게 똥을 누고 그 똥이 어디로 갈 것인지 설명했다. 그 뒤에 주절주절 자신이 원래 더 일찍 올 예정이었지만 텔레 어쩌고 하는 서비스 비용을 못 냈더니 이렇게 늦었다고 한탄했다. 이 모든 소리는 나에게 한낱 잡음에 불과했다.

버스는 양재시민의 숲을 지났다. 이 버스는 남부터미널로 향한다. 조금만 참으면 터미널에 도착한다는 뜻이다. 복통과 항문에 가해지던 압박이 줄었지만 여전히 화장실에서 해결해야 할 과제가 묵직했다. 나는 고속버스에서 똥을 싸는 사태는 막을 수 있다는 자신감이 생겼다. 버스는 남부순환로로 들어섰다. 남부터미널이 멀지 않았다. 내 눈앞에 남부터미널 표지판이 보이는 것 같았다. 나는 가방을 챙겨 앞좌석으로 이동할 생각이었다. 뱃속 압박감은 여전히 나를 긴장시켰다.

"그러면 안 됩니다. 제가 미처 경고를 못 했군요."

외계인은 불쌍한 음성으로 말했지만 나는 무시했다. 낯선 존재와의 대화는 이제 소름끼쳤다. 조금만 참으면 된다. 몇 십 분간 내가 가진 모든 의지를 다 쏟았다. 화장실에 가 무사히 볼일을 본다면 그다지 나쁘지 않은 날로 남을 것이다. 지금 입을 꾹 다문 채 화난 표정으로 무언가를 든 외계인만 빼면 더더욱 괜찮을 텐데. 애처로운 외계인의 음성이 점점 작아지고 이상한 소리가 들렸다. 머리 주변으로 가벼운 회오리바람이 몰아쳤다. 배가 아픈 것도 괴로운데 버스 안에서 바람이 불다니. 나는 버스가 잠시 주춤한 틈에 가방을 들어 앞자리로 이동했다.

자리에 앉아 눈을 감았다. 괴상한 꿈을 꾼 느낌이었다. 내 똥과 관계된 엄청난 음모가 벌어진 것 같았다. 나는 홍하고 콧방귀를 뀌었다. 아주 조금 남았다. 그런데, 이게 웬일인가. 버스가 꼼짝도 하지 않았다. 예술의전당 부근이 상습정체구간인 것은 알았지만 차가 꽉 막혔다. 그래도 괜찮다. 이제 뱃속은 조금 잠잠해진 상태가 아닌가. 그 순간 나는 뱃속을 찌르는 고통에 악하고 신음소리를 냈다. 내가 잠시나마 잊었던 엄청난 고통이 다시 시작되었다. 배를 찌르는 복통이 있은 후 뱃속이 부글부글 끓었다. 항문에 가해지는 압박은 더 대단했다. 잠시 대기하던 똥이 나가겠다며 폭력 농성을 벌였다. 안 된다고, 이놈들아. 어떻게 참았는데.

버스는 엉금엉금 앞으로 나아갔다. 정말 느릿느릿했다. 내가 걸어가도 더 빠르겠다. 물론 지금 내 상태로는 걸을 수나 있을지 모르겠지만 말이다. 어기적어기적 아픈 배를 부여잡고 똥구멍이 벌어지지 않게 조심하며 걸어갈 수밖에. 빨간 브레이크 등을 보니 어질어질했다. 제발, 제발, 제발. 버스는 천천히 앞으로 나아갔다. 이제 우면삼거리에서 우회전을 하고 남부터미널로 들어가면 된다. 결승점이 멀지 않았다.

배는 계속 아파오고 똥꼬에 가해지는 압력은 점점 세졌다. 나는 몸을 어쩌지 못한 채 한손에 가방만 꼭 쥐었다. 손에 난 식은땀이 가방 손잡이까지 적셨다. 이제 끝이 보인다. 남부터미널로 들어가려는 찰나 버스가 다시 멈췄다. 신호에 걸렸다. 아, 제발. 고지가 멀지 않았는데 여기서 멈추다니. 이제 잘 참아왔으니 조금만 더 참자. 그 순간 내 똥구멍이 마치 금붕어가 수면에 입을 대고 숨을 쉬는 것처럼 뻐끔뻐끔 거렸다. 그리고 그때마다 똥구멍에서 똥이 조금씩, 물기가 흥건한 설사 똥이 흘러나왔다. 똥구멍이 벌름거릴 때마다 계속 축축한 설사 똥이 나왔다. 드디어 쌌다. 세상은 나에게 이리 가혹한지. 앞쪽에 앉은 사람이 뒤를 돌아보았다. 벌써부터 냄새가 퍼진 건지 불안했다.

버스는 남부터미널로 들어섰다. 버스가 멈추자마자 나는 일어섰다. 내가 지금 엄청난 시련을 겪어도 앞좌석의 승객은 신경 쓰지 않았다. 으레 자신이 먼저 내려야 한다는 듯 어기적거리며 버스에서 내렸다. 나는 가방을 손에 쥐고 비척비척 버스에서 내렸다. 입이 바싹바싹 말랐고 머리가 핑핑 돌았다. 눈앞이 캄캄해지고 다리가 후들거렸지만 지금은 화장실에 가야 한다. 마음으로야 우사인 볼트처럼 달리고 싶지만 엉금 엉금 똥구멍 틈새가 최대한 벌어지지 않게 걸었다. 걸을 때마다 엉덩이에 축축하고 묵직한 무언가가 느껴졌다. 이제 배를 공격하는 복통은 더 이상 문제가 아니었다. 온 몸에 식은땀이 났다. 엉덩이에 똥 싼 흔적이 보이지 않을까 걱정하면서 나는 화장실을 찾았다.

터미널 화장실은 조금 붐볐지만 빈 칸이 있어 급히 들어섰다. 아무리 정신이 없어도 문을 잠그는 건 잊지 않았다. 내가 똥 싼 모습을 누구에게라도 보이기는 싫었다. 변기에 앉자마자 내 항문에서는 엄청난 양의 똥이 분출되었다. 한바탕 똥을 누고 나니 조금 진정이 되었다. 그제야 팬티가 눈에 들어왔다. 예상보다 많은 양이 묻어 있었다. 화장지로 큰 건더기는 털어내고 닦았지만 똥물 자국과 냄새는 사라지지 않았다. 똥에 절은 축축한 팬티를 벗어버리고 싶었다. 하지만 한동안 흘린 식은땀 때문에 바지가 쉽게 벗겨지지 않았다. 내가 팬티에 묻은 똥 처리에 안간힘을 쓰는 사이 다시 배가 아팠다. 나는 다시 변기에 앉았다. 먼저 처리한 똥덩이를 물로 씻어버리고 새로운 마음으로 시작했다. 싸늘한 뱃속 고통이 이전과는 다른 상황을 예보했다. 나는 한 손으로 배를 문질렀다. 빵하는 격렬한 방귀소리와 함께 내 뱃속에서는 똥이 연달아 쏟아졌다. 복통은 여전했다. 도대체 내 뱃속에 얼마나 많은 똥이 들었는지 궁금했다. 뱃속을 강타하는 싸늘한 아픔과 뒤이어 몰아닥친 고약한 똥냄새. 이건 어쩌지 싶을 찰나 나는 정신을 잃었다.

전주 출장을 다녀오다 서울로 올라오는 버스에서 급한 똥

위기를 맞았다. 참고, 참고 또 참다 거의 도착해서 설사 똥을 팬티에 지렸고 터미널 화장실에서 똥을 싸다 기절했다. 여기까지가 내가 기억하는 전부였다. 정신을 차리고 보니 나는 환자복을 입은 채 병원 침대에 누워 있었다. 정신을 차리자마자 걱정한 건 똥을 지린 팬티가 어디로 갔는지 여부였다. 아랫도리가 시원한 것이 팬티 없이 그 위에 바로 바지를 입었다. 팬티의 행방을 걱정한 후에야 회사나 집에 전화를 해야겠구나 하는 생각이 들었다.

어느새 밤이 깊었다. 그때 병실로 상당히 피곤해 보이는 내 또래의 여자가 들어왔다. 나를 이리로 옮긴 똥냄새 사이비 담당 요원으로 이름은 김소은이었다. 내가 똥을 지리고 기절한 게 똥냄새 사이비 녀석들의 공격 때문일지 모른다고 의심스러웠단다. 똥냄새 사이비라니. 뉴스나 인터넷에서 보고 낄낄거리면서 웃은 게 전부인데 그게 나랑 무슨 상관이 있다고. 그녀는 나에게 똥냄새 사이비와의 연관성을 캐물었는데 아무 할 말이 없었다. 아무리 사이비래도 똥냄새 사이비라니, 벌써 지독한 냄새가 나는 느낌이었다. 똥이 묻은 옷 대신 환자복을 입었어도 내 몸에서는 여전히 똥냄새가 났다. 이건 심리적인 충격 탓이라기보다는 똥을 쏟아낸 항문이 제대로 닦이지 않았다는 생각이 들었다. 나는 대화가 끝나면 바로 화장실에 가야겠다고 생각했다.

"버스터미널 화장실에는 무슨 일로 들르셨나요?"

나는 김 요원에게 전주출장과 휴게소에서 먹은 음식에 대해 그리고 휴게소를 떠나자마자 전해져온 복통의 위력을 이야기했다. 똥 문제 때문에 기억상실이라도 걸린 것일까. 가물가물한 기억이 내 머릿속을 맴돌았다. 분명 똥과 관련한 엄청난 사건인 것은 확실한데 그게 무언지 기억나지 않았다. 그녀는 내 똥의 일부를 가져가 연구실로 보냈다고 했다. 팬티의 행방이 궁금했지만 입이 떨어지지 않았다.

"연구실요?"

"사이비와의 연관성이 의심돼서 그랬습니다. 아무래도 휴게소에서 먹은 음식 중에 이상한 것이 있었던 모양인데요."

김 요원은 나와 똥냄새 사이비와의 직접적인 연관성을 찾지 못하자 내 똥을 더 조사해볼 모양이었다. 나는 휴게소에서 먹은 음식을 떠올렸다. 핫바, 버터감자구이, 아이스크림. 도대체 어디에 무슨 문제가 있었던 건지. 왜 하필 나인가, 나는 출장을 떠날 때처럼 절규했다.

김소은 씨는 나에게 무슨 일이 있으면 다시 찾겠다고 자리를 떴다. 시계를 보니 이제 완연한 밤이었다. 회사 선배는 내 전화를 받고 어지간히 백 이사한테 질린 모양이라고 위로해 주었다. 사실이야 어떻든 그런 오해도 괜찮았다. 그러게 생판 모르는 신입을 혼자 출장을 보내서 말이야. 하룻밤 자고 올지 모른다고 말해둔 터라 집에는 내일 전화하기로 했다. 병원에 입원했다면 엄마는 호들갑 떨면서 병원이 어디냐고 당장 달려올 게 뻔하다. 얼마 동안은 나 혼자 시간을 보내고 싶었다.

설핏 잠이 들었나. 꿈속에서 얼굴이 투명한 아이가 나타나 나에게 똥을 팔라고 애원했다. 나는 꿈속에서도 급박한 똥마려움을 겪으며 안절부절 못했다. 아이의 애원은 점점 협박으로 바뀌었다. 그 순간 아이의 표정은 어디서도 보지 못한 무서운 얼굴로 바뀌었다. 다음에 나는 어딘지 알지 못할 곳에서 똥을 누었다. 여기가 어디인지, 내가 이곳에서 무엇을 하고 있는지 섬뜩했다. 내 앞에는 무서운 얼굴을 한 아이가 '똥을 싸, 얼른 싸.'라고 소리를 질렀다. 아이의 얼굴은 점점 제 색을 찾더니 인간이 아닌 이상한 존재로 변했다. 나는 화들짝 놀라

잠에서 깼다. 병실은 여전히 환했지만 바깥을 보니 새벽 어스름이었다. 온 몸은 여전히 납덩어리를 두른 것처럼 피곤했다. 나는 탁자 위에 놓인 생수병을 들어 물을 마셨다. 그리고 개꿈, 아니 똥꿈을 날려버리기 위해 머리를 흔들었다.

회사에는 출장 스트레스로 병원에 입원한 신입 코스프레가 먹혔다. 내가 고속버스에서 똥을 쌌는데 그게 사이비 종교 집단과 연관된 것 같다고 솔직하게 말할 수는 없었다. 병원에서 이틀 동안 치료 겸 조사를 마치고 회사로 돌아갔다. 고생한 신입이 무사히 돌아왔다는 열렬한 환호는 없었다. 내가 없는 사이 백 이사의 개입이 중요하지 않은 것으로 판명되면서 내 노력은 헛것이 되었다. 전주 출장 생색은 내지도 못하고 입사한 지 얼마 안 돼 병가를 쓴 몹쓸 신입이 되었다.

그 사건 이후 내 몸에 변화가 생겼다. 사이비 녀석들이 몰래 먹인 성분 때문에 과민성대장증후군 환자가 되었다. 툭하면 설사가 도졌다. 급한 똥마려움이야 가끔 겪었지만 이건 그에 비할 바가 아니었다. 아무 때나 갑자기 복통이 밀려와 빌딩이나 지하철, 커피숍, 패스트푸드 가게 화장실을 자주 찾았다. 회사에서도 화장실을 들락날락했다. 도대체 왜, 나한테 이런 일이 생긴 건지. 재수 없게 하필 나인가. 이게 내 슬로건이 되었다. 얼마 전부터는 새로운 버릇이 생겼다. 예전에는 입고 있던 옷을 그대로 벗어 두어 엄마한테 잔소리를 들었다. 하지만 이제 화장실에서 팬티를 벗어 지린 흔적이 있는지 검사했다. 그놈의 사악한 사이비 집단들 때문에 내가 왜 이런 고생을 해야 하는지 세상살이 참 힘들다.

20대에 똥 때문에 비참하게 살 순 없었다. 나는 예전으로 돌아가야 한다. 과일과 채소를 많이 먹고 매운 음식과 패스트푸드는 줄이고 운동도 꾸준히 했다. 생활이 건전해졌다. 주말 산책 겸 공원을 둘러보다 공중화장실에 들러 급한 볼일을 봤다. 무사히 미션을 마치고 손을 씻는데 옆에 있던 할아버지가 혀를 끌끌 찼다. 볼일 보는 소리도 그리 크지 않았고 혹시 똥 냄새가 나나 싶어 코를 킁킁거렸지만 냄새도 나지 않았다. 그런데 이 할아버지는 뭐가 그리 불만인거지?

"물지된지야."

"네?"

할아버지는 갑자기 의미모를 말을 내뱉었다. 얼굴이 빨간 것을 보니 낮부터 술을 마셨나. 나한테 한 말이 아닌지도 모르겠다. 나는 비누칠을 벅벅 하고 물로 헹군 다음 손을 털어내고 화장실을 나섰다.

"물지된지라고. 이 사람아."

할아버지가 나한테 하는 말은 분명했다. 그런데 도대체 무슨 말을 하는 거지? 물지된지? 이런 말도 안 되는 사자성어도 있나. 그것도 아니면 어린 애들이 쓰는 이상한 용어?

"물지된지. 물똥은 지양하고 된똥을 지향한다. 이 말이지. 물똥은 주룩주룩 사람 신체장기 모두 빠져나가는 지름길이야. 물똥을 쌀 때마다 오장육부가 빠져나가. 사람은 된똥을 눠야 해. 된똥이 제대로 된 인간을 보여주는 지표야. 멀쩡한 젊은이가 벌써부터 그러면 쓰나."

오지랖 넘치는 사람은 많이 만났다. 할머니, 할아버지들이 이상한 일에 잔소리하는 광경도 많이 봤다. 그런데 설사했다고 이상한 잔소리를 늘어놓는 할아버지를 공중화장실에서 만나다니. 물똥이 죄도 아니고 나는 쓴웃음을 짓고 그대로 나왔다.

"내 말 무시하지 말라고. 물지된지. 인간이 물똥을 누면 외계인한테 공격받아. 외계인을 막아내려면 된똥을 눠야 해. 그놈들이 언제 또 우리 똥을 노릴지 몰라. 물똥이 아니라 된똥이야. 된똥!"

할아버지는 공중화장실을 나서는 나를 향해 고래고래 소리를 질렀다. 물똥이니 된똥이니 하는 소리도 놀랍지만 갑자기 외계인까지 나오다니. 미친 사람처럼 보이지 않았지만 그게 겉만 봐서는 모를 일이다. 외계인을 막으려면 된똥을 눠야 한다니 웃음이 나왔다. 이제는 사라진 똥냄새 사이비 저리가라 싶은 이상한 주장이었다.

갑자기 무언가 내 머릿속에 싸늘한 기운이 지나갔다. '당신 똥을 팔지 않겠습니까?' 언젠가 들어본 기억이 나는 익숙한 목소리였다. 아니야, 아냐. 이건 그냥 공원을 스치는 바람이겠지. 나는 그냥 고개를 절레절레 흔들고 공원길을 나섰다.

비밀
또는
음모의
그림자

내가 허황된 꿈이나 좇는 사람은 아니다. 처음 이쪽 세계에 발을 내디뎠을 때도 카사블랑카에서 스파이와 사랑에 빠지거나 파리에서 납치범을 좇아 검거해낼 것이라고는 애초에 상상하지 않았다. 그래도 이건 아니다. 똥이라니. 똥냄새를 좇는 요원이라니. 장장 1년 동안 담배심부름, 복사, 커피타기 등등 선배들 뒤치다꺼리에 시달리다 겨우 임무 하나 받았는데 그게 똥냄새 사이비를 조사하는 거라니 말 다했다. 얼마 전에 입사해 우편물을 정리하고 생수병이나 바꾸는 신입 수빈 씨가 이렇게 부러울 줄이야. 나는 그맘때 작전에 나서는 선배를 우러러보곤 했는데 수빈 씨는 나를 비웃는 눈치였다. 나만 보면 입 꼬리가 실룩실룩 거리는 게 영 거슬렸다. 그래도 내가 나타나면 코를 틀어막고 손을 휘휘 내젓는 박 선배보다야 낫지.

똥냄새 사이비는 생긴 지 2년 된 나름 신상 사이비였다. 이 상한 물약을 먹으면 고약한 냄새가 나는 똥을 누는데 거기에 자신의 모든 욕심과 고통, 온갖 시름이 들어있다고 한다. 똥 냄새가 고약할수록 독실하다는 평가를 받았다. 누가 믿을까 싶게 말도 안 되는 교리를 내세우지만 제법 교인을 모았다. 교주는 하늘의 계시를 받아 똥냄새에 세상의 모든 악을 내보 낸다는 중년 여성으로 별로 알려진 바가 없었다. 똥냄새 사이 비는 돈이나 여자 문제 같은 다른 사이비가 보일 법한 구린 행태는 없었다. 똥냄새만으로 이미 충분히 구려서인지도 모 른다.

똥냄새 사이비가 주목을 받은 것은 공중화장실에서 실신 한 채 발견되는 피해자 때문이었다. 똥을 싸다 정신을 잃는 일은 의외로 흔하다. 저혈압이나 심장질환으로 항문에 힘을 주다 쓰러지는 것이다. 그런데 화장실에서 쓰러진 사람들은 모두 건강했다. 피해자가 발생한 공중화장실에서 공통적으 로 고약한 냄새가 풍겼다는 보고에 똥냄새 사이비와의 연관 성이 의심됐다. 그리하여 갓 신입 티를 벗은 내가 단독 조사를 맡았다. 보통은 선배와 함께 팀을 이뤄야 마땅하나 사안의 심각성이 크지 않다는 합의가 있었다며 나한테 일방적으로 떠넘겼다. 합의는 빌어먹을 합의. 결정을 내리고 큭큭 웃었을 선배들 면면이 상상됐다. 비록 구린 사건이지만 대한민국의 정예요원을 지향하는 나답게 똥냄새 사이비에 대한 조사를 철저히 하자 결심했다. 고약한 똥냄새 잔향이 남은 곳에서 코를 킁킁대며 사이비의 흔적을 찾았다. 화장실에서 쓰러진 채 발견된 사람들은 대개 사이비와는 상관없는 일반인이었다. 단지 지독한 똥냄새에 정신을 잃고 쓰러졌을 뿐이었다. 그동안 구린 냄새만 풍기던 똥냄새 사이비가 일반인들을 상대로 테러를 저지르는 건 아닌지 의심스러웠다. 똥냄새에 쓰러진 피해자가 발생한 화장실에서는 한동안 구린 냄새가 진동했다.

무고한 일반인 피해자가 발생하는 데도 정부나 조직은 아무런 조처를 취하지 않았다. 아마 내가 엄청난 똥냄새를 풍긴 채 사무실에 나타난 것이 영향을 끼친 것 같았다. 공중화장실을 폐쇄하고 피해자를 조사하고 샘플을 채취해 연구실로 옮기는 전 과정을 거치면 내 몸에는 고약한 똥냄새가 남았다.

거의 기절을 할 정도로 지독한 냄새였다. 사무실에 들어가면 모두들 잔뜩 찡그린 표정으로 코를 막고 괴로워해서 강제 조퇴를 당했다.

일반인 피해자가 몇 명 나오긴 했지만 이때만 해도 똥냄새 사이비는 그저 웃기고 구린 사이비에 불과했다. 인터넷이고 방송이고 고약한 똥냄새가 날수록 존경받는 사이비를 안주 삼아 웃음꽃을 피웠다. 그러다 한 동영상이 뜨면서 똥냄새 사이비에 대한 비웃음이 두려움으로 바뀌었다. 똥냄새 사이비 모임을 찍은 영상은 저질 화질에도 불구하고 폭발적인 조회 수를 기록했다. 사람들이 모여 똥을 싸는 사람에게 엄청난 환호를 보내는 그 영상. 눈에 보이지 않는 고약한 똥냄새가 어떻게 번지는지 알 것 같다는 평에 다들 고개를 끄덕였다. 혹시나 그 냄새에 사람들을 홀리는 성분이 있나 했는데 발견되지는 않았다. 내가 그 지독한 냄새 속에서도 여전히 말짱한 정신을 유지하고 있으니 이런 이론은 말이 안 된다. 똥냄새 사이비에 대한 두려움이 커지자 정부나 방송에서 유일한 담당자인 나에게 연락을 해왔다. 정신없는 와중에 소리를 버럭 지르고 싶었지만 참았다. 똥냄새도 지독했지만 전화벨 소리만 들어도 스트레스 지수가 팍팍 올라갔다.

공식적으로 똥냄새 전담 요원이 되고 첫 위기가 닥쳤다. 바로 어제까지 자신들의 존재감을 냄새로 과시하던 똥냄새 사이비 교인들 상당수가 어딘가로 숨어버린 것이다. 하늘로 솟아버린 것처럼 흔적도 없이 사라졌다. 은신처로 들어갔나 싶지만 어느 누구도 그곳이 어디인지 알지 못했다. 가족이 사라진 사람들이야 사방팔방 돌아다니며 애간장을 태웠지만 나머지 세상은 금세 일상으로 돌아갔다. 똥냄새 사이비가 사라지든 말든 연예인은 열애를 하고 이혼을 하고 음주운전을 했다. 똥냄새 사이비를 비웃던 사람들은 곧 이들에게로 관심을 돌렸다.

똥냄새 사이비 교인들이 하루아침에 사라진 것은 큰 문제였다. 나는 이들을 찾아야겠다고 결심했다. 먼저 영상을 올린 이를 만나보기로 했다. 영상은 강민주라는 20대 여성이 올렸다. 현재 백수인데 아마도 사이비 교인이었다가 탈퇴한 것 같았다. 민주 씨에게 연락을 하자 불안한 목소리로 전화를 받았다. 탈퇴 후에 다른 교인에게 적잖이 시달린 모양이었다. 그녀는 방송국에서도 인터뷰를 요청했는데 모두 거절했다더니 담당 요원이라고 밝히자 조금 놀란 눈치였다. 불안이 여전한 목소리로 그녀는 내 요청에 응했다. 똥냄새 사이비를 맡은 유일한 정예요원으로서 그녀의 불안을 해결해야 한다는 의무감이 들었다. 민주 씨는 자신의 집 근처 공원을 약속장소로 선택했다.

약속 날 오후 나는 연구실 신 팀장과 함께 약속장소인 공원으로 나갔다. 강아지를 데리고 산책하는 사람들과 유모차를 끄는 부부, 뛰노는 아이들, 정자에서 바둑을 두는 할아버지, 운동하는 사람들. 평일 오후 공원은 붐볐다. 우리 셋은 공원 근처에 있는 망해가는 프랜차이즈 커피숍으로 향했다. 밝은 공원과 달리 카페 안은 어두침침해 문을 연 건가 싶었는데 내부는 손님 하나 없이 한적했다. 카페 주인에게 어두운 조명만 바꿔도 손님이 조금 늘 것 같다고 조언하고 싶었다. 우리는 커피를 주문하고 맨 구석 테이블에 앉았다.

"저는 똥냄새 사이비를 조사하고 있습니다."

나는 민주 씨에게 명함을 내밀었다. 그리고 연락을 하게 된 사연을 밝혔다. 사이비 종교 집단을 조사하는데 그들이 하늘로 증발해버린 것처럼 완전히 사라졌다. 간혹 발견되는 사람들은 이상한 헛소리나 늘어놓아 필요한 정보를 얻기가 불가능했다. 민주 씨는 사이비 종교 집단의 가장 중심에 접근한 사람이다. 혹시라도 정보를 얻을 수 있을까 연락했다. 나는 한달음에 내가 하고 싶은 말을 모두 내뱉었다. 혼자 한참 떠들었더니 숨이 찼다. 마침 주문한 커피가 나와 한시름 돌렸다.

민주 씨는 선영 언니라는 사람과의 인연, 선영 언니의 연락을 받고 블라인드 업체에서 일했던 일, 그리고 물약 배달에 나섰던 일 등을 말했다. 사이비 교인들이 이상한 물약을 마시고 똥냄새를 키운다는 사실은 유명했다. 민주 씨가 올린 흐린 영상 속에서 약봉지가 보였는데 아마 그게 물약인 모양이었다. 사무실이 있던 빌딩과 유명 연예기획사와 똑같은 이름을 가진 업체 명을 알려주었다. 사장과 채 과장의 이름이 가물가물하다는데 이름을 부를 일이 없는 데다 시간도 지났으니 당연한 일이었다. 동영상에 나온 이상한 행사장에 가게 된 상황도 설명해 주었다. 작은 블라인드 회사가 물약을 배달하면서 사이비 종교에서 중요한 역할을 담당했다. 여기서 가장 중요한 것은 그 물약일지 모른다. 그동안 조용히 있던 신 팀장 역시 물약에 대해 꼬치꼬치 캐물었다.

"물약을 먹을 때 느낌이 어땠나요?"

"지금 생각해도 구역질이 날 만큼 고약했어요."

"물약을 먹는 척하는데 들키지 않은 이유가 무엇일까요?"

"제 연기가 자연스러웠다기보다 별로 신경 쓰지 않더라고요."

"물약을 배달받는 사람이 많았나요?"

"처음에는 다른 사람들만 배달했어요. 나중에는 저도 배달했는데 점점 늘어나는 추세였어요."

"배달 위치를 알 수 있나요?"

"차를 타고 간 곳은 확실치 않지만 걸어서 배달한 곳은 지금도 찾을 수 있을 것 같아요"

이제는 영상 속 상황이 궁금했다. 영상은 부분만 담았고 화질도 흐릿했다. 엉덩이를 드러내고 똥을 싸고 그 냄새에 환장하는 사람들의 모습을 보여주기에는 충분했지만 나머지 상황을 알고 싶었다. 그녀는 자세히 설명해주었다. 물약을 먹는 척하며 가방에 넣었다는 말에 신 팀장이 눈을 반짝였다.

"혹시 그 물약을 갖고 있나요?"

그녀는 당황한 표정을 지었다. 그 모임을 다녀온 후 가방을 방 안에 던져 둔 채 그대로라고 했다. 물약도 온전한 모습으로 남아 있을 것이다.

"괜찮다면 그것을 저희가 조사해도 될까요?"

50대 중년 여성인 신 팀장의 저 초롱초롱한 눈빛이라니. 이게 실험 정신 투철한 연구요원의 정석이다. 정작 민주 씨는 이야기를 나누면서 아직 그 물약이 가방에 담겨 방에 남아 있다는 사실에 소스라쳤다. 악의 근원을 근처에 두고 살았는데 그럴 수밖에. 민주 씨는 가방을 가져오겠다며 자리에서 일어섰다. 우리가 집까지 따라가겠다고 했지만 그녀는 극구 사양했다. 이런 상황에서 나섰다가 일을 그르칠까 다시 자리에 앉았다. 한참 후 표정이 엉망인 상태로 그녀가 들어왔다. 만지기 싫지만 어쩔 수 없다는 듯 가방 손잡이를 티슈로 감싼 채 살짝 들었다. 우리는 가방에 시선을 고정시켰다.

"이 가방에 그게 들어있을 거예요."

그녀는 폭탄을 들고 있는 것처럼 우리에게 필사적으로 가방을 넘겼다. 신 팀장이 가방을 받았다.

"혹시 열어봐도 되나요?"

그녀는 당연하다는 듯 고개를 끄덕였다. 신 팀장은 가방 안에서 물약을 꺼냈다. 동네 약재상에서 만드는 과일즙과 똑같이 생겼다. 신 팀장은 외양을 꼼꼼히 살피더니 얼굴에 미소가 번졌다.

"완전한 것을 본 건 처음이네요. 고맙습니다. 연구에 많은 도움이 될 거예요."

그녀는 가방을 아예 우리에게 넘겼다.

"가방을 집에 두긴 싫어서요. 냄새도 나는 것 같고."

신 팀장은 민주 씨의 말을 듣고 가방 냄새를 맡았다. 대단하다. 민주 씨는 이 모습을 보고 표정이 일그러졌다. 아마 과거의 충격적인 장면과 고약한 냄새가 다시 떠올랐으리라. 우리는 인사를 나누었다. 민주 씨는 처음과는 달리 후련해 보였다. 나는 그녀에게 혹시 무슨 일이 생기거나 더할 말이 있다면 연락을 달라고 했다. 그녀는 그렇게 집으로 떠났다.

민주 씨를 만난 건 뜻밖의 성과였다. 그녀가 영상을 촬영한 것 외에 다른 중요한 사항을 알고 있으리라고는 전혀 예상치 못했다. 완벽한 상태인 물약을 받았고, 중요한 장소와 인물 정보도 얻었다. 신 팀장은 민주 씨와 헤어지고 나서부터 완벽한 샘플을 얻었다며 싱글벙글 이었다.

"소은 씨, 나는 바로 연구소로 돌아갈게. 가서 얼른 조사해 봐야지."

"가방도 가져갈 건가요?"

"냄새 테스트는 해보려고. 혹시 모르잖아."

"네. 그러시죠. 저는 블라인드 사무실에 가보려고요."

신 팀장이 차를 타고 떠나고 나는 지하철로 블라인드 업체가 있었다는 빌딩을 찾아 나섰다. 사무실은 대형크레인과 트럭이 즐비한 공사현장의 한가운데 있었다. 사무실이 있던 곳 유리창에 '블라인드 설치'라는 시트지가 붙어 있었다. 아직 다른 사무실이 입주하지 않았나 보다. 나는 주먹을 불끈 쥐었다. 신 팀장만큼 중요한 정보를 얻었으면 좋겠다.

나는 사무실로 올라갔다. 5층에는 빈 사무실이 많았다. 사람들이 잠잠한 것이 건물이 통째로 빈 것은 아닌지 의심스러웠다. 나는 블라인드 업체가 있던 503호 사무실을 문밖에서 바라보았다. 문에 붙은 불투명한 시트지 때문에 안이 보이지 않았다. 혹시나 싶어 눈을 가까이 댔다. 그러다 여전히 똥냄새가 살짝 난다는 사실에 몸을 움찔했다. 그때 잠기지 않았는지 사무실 문이 열렸다. 나는 급히 주위를 살피고 안으로 들어갔다. 가구가 모두 사라진 사무실 안에는 아직 뜯지 않은 블라인드 제품 몇 개와 각종 쓰레기가 모여 있는 박스가 하나 있었다. 나는 블라인드가 맞는지 박스를 뜯어보고 쓰레기가 담긴 박스로 눈을 돌렸다. 혹시 중요한 정보가 남았을 지도 모른다. 하지만 블라인드 설치 설명서와 음식점 광고지뿐이었다. 나는 열심히 박스를 뒤졌다. 시간이 지날수록 똥냄새가 나를 괴롭혔다. 화장실에서 맡은 것처럼 지독하지는 않았지만 사람을 괴롭힐 만한 수준이었다. 박스를 뒤지는 손을 더 분주히 움직였다. 그러다 연습장 한 권을 주웠다. 찢겨진 종이 사이로 볼펜이나 연필로 시꺼멓게 칠한 곳이 보였다. 중요한 정보를 지운 모양이었다. 수북 오피스텔이라는 이름이 눈에 띄었다. 위치를 검색해보니 남부터미널 근처에 있다. 나는 연습장을 챙겼다. 내가 놓친 것이 있나 꼼꼼히 사무실을 살펴보았지만 마음 한편에서는 빨리 이곳을 벗어나라고 소리쳤다. 사무실을 나서며 나는 다시 주위를 둘러보았다. 여전히 복도에는 사람 인기척이 없었다. 혹시 그들의 흔적이 아직도 남아있나 싶어 화장실에 가보았다. 화장실은 그냥 평범했다. 깔끔하게 청소돼 있었고 화장실에서 으레 나는 냄새뿐이었다.

이제는 오피스텔을 갈 차례였다. 오피스텔 건물을 돌아보고 그 안에 들어가 이상한 사무실이 있는지 살폈다. 마땅한 정보는 나오지 않았다. 바깥으로 나왔을 때 갑자기 배가 고파졌다. 벌써 저녁식사 시간을 훌쩍 넘겼다. 나는 주변 커피숍에 들어갔다. 이미 커피를 한잔 마신 상태였지만 어차피 오늘도 야근 예약이다. 오늘처럼 내 몸에 똥냄새가 배지 않은 날 밀린 업무를 봐야 한다. 카페는 사람들로 시끌벅적했다. 어디선가 즐거운 웃음소리가 터졌다. 아이들이 떼쓰는 소리도 들렸다. 커피와 샌드위치를 받아들고 자리에 앉았다.

평범한 일상을 즐기는 사람들 사이에서 샌드위치를 먹으려니 갑자기 울컥했다. 무사히 원하는 곳에 입사한 것은 감사하지만 똥냄새나 따라다니다니 한심했다. 똥냄새 사이비 사건을 맡았다면 사람들은 얼마나 비웃을까. 하지만 남들 평이나 고민하며 지낼 순 없다. 나는 민주 씨와 나누었던 대화를 복기하며 그녀가 만났던 사람과 사건을 정리했다. 똥냄새를 만드는 물약을 생산하던 업체와 블라인드 업체 직원을 더 조사해봐야겠다고 생각하며 자리에서 일어섰다.

조명이 환한 거리에는 여전히 많은 사람들이 오갔다. 이들의 고민이 똥냄새 사이비가 아닌 것만은 확실하다. 똥냄새 사이비에 대한 관심이 줄어드는 시점에 아직 조사하지 못한 고민이 담긴 보고서를 어떻게 정리할지 머릿속이 복잡했다. 그때 내 콧속에 익숙하면서도 낯선 냄새가 지나갔다. 나는 카페인이 가득한 커피를 마셨을 때보다도 정신이 더 번쩍 들었다. 앗, 이 냄새는! 사건 현장에서 맡았던 지독한 똥냄새의 옅은 버전이었다. 샤넬 넘버5를 희석한 향수 냄새를 맡은 조향사가 이런 기분일까. 나는 냄새가 어디에서 나는지 주변을 돌아다녔다. 그러다 창백한 얼굴로 비척대며 걷는 한 남자를 보았다. 평범함을 연기했지만 예리한 내 콧구멍을 벗어나지 못했다. 나를 코를 벌렁거리며 뒤따랐다. 내가 그동안 맡고 다녔던 그 똥냄새가 분명했다.

그는 터미널 내 남자화장실로 들어섰다. 그는 남겨진 사이비 교인일까. 나는 화장실 앞에서 그를 기다렸다. 흰색 티셔츠와 진청색 면바지를 입고 작은 가방을 든, 나이는 20대 후반에서 30대 초반, 170센티미터 중반에 평범한 몸매를 한 남자를 기다렸다. 화장실 앞을 배회한지 10분이 지났어도 그 남자는 나타나지 않았다. 혹시 그가 사라진 건 아닐까 불안했다. 내 미행을 눈치 채고 화장실 창문으로 빠져나간 똥냄새 사이비 테러리스트일지 모른다. 이래서야 정예요원이라고 할 수 있을까. 나는 급히 화장실로 들어섰다. 화장실에는 똥냄새가 진동했다. 나는 굳게 닫힌 화장실 문 앞을 서성였다. 이 곳이다. 나는 똑똑 문을 두드렸다. 아무런 대답이 없었다. 나는 다시 문을 두드렸다. 코를 팔뚝에 묻은 채 소변을 보고 돌아서던 아저씨가 나에게 빈 화장실을 가리키다 깜짝 놀라 급히 밖으로 나갔다. 나는 어색하고 미안한 웃음을 지었다. 다음부터 남자 화장실에 들어올 때는 청소부 복장을 해야겠다. 똥냄새가 사라지지 않았으니 그는 아직 이곳에 있다. 똥냄새에 기절한 또 다른 피해자가 발생했다. 나는 본부에 연락했다.

잠시 뒤 현장요원이 몇 명 도착했다. 시간이 늦어서인지 화장실을 사용하는 사람은 줄었다. 누군가 화장실 앞에 공사를 알리는 표지판을 세우고 다른 화장실로 사람들을 안내했다. 화장실 문을 열고 우리는 변기 위에서 기절한 사람을 발견했다. 내가 냄새를 맡았던 바로 그 남자였다. 현장요원들이 남자의 바지를 대충 잡아 올리고 들쳐 메고 나갔다. 연구요원은 변기에 남은 똥을 채취했다. 내가 연구요원이 아닌 게 천만다행이다. 화장실에는 방향제가 뿌려지고 앞에서 안내를 맡은 요원이 들어오면서 상황은 모두 끝났다. 그 남자가 앉았던 화장실 변기 속 똥은 물로 씻겨 내려갔다.

이제는 조퇴하기에도 너무 늦은 시각, 똥냄새를 잔뜩 묻힌 채 사무실에 들어섰다. 야근하는 사람이 적은 것이 그나마 다행이었다. 남은 사람도 냄새를 맡자마자 올 것이 왔다는 표정으로 바로 짐을 싸더니 순식간에 사라졌다. 쓴웃음이 났다. 자리에 앉아 오늘 하루 일을 정리했다. 화장실에서 쓰러진 남자를 들쳐 엎고 나간 요원에게서 신상을 확인했다. 다행히 다른 피해자처럼 단순 기절상태여서 병원으로 옮긴 직후 바로 정신을 차렸다고 한다. 화장실에서 채취한 똥과 그 남자의 똥 묻은 팬티는 연구실로 옮겨졌다. 피곤하지만 피해자에게 먼저 들르기로 했다.

피해자는 주방가구 업체 신입사원 박성호 씨다. 전주에 사는 명예퇴직자를 찾는 출장길에 나섰다가 변을 당했다. 나는 성호 씨의 당일 행적을 샅샅이 조사했다. 기존 피해자는 공중

화장실에서 똥냄새 사이비로 추정되는 사람들이 남긴 지독한 똥냄새에 기절한 경우였다. 내가 발견했을 때부터 이미 똥냄새를 풍겼기에 성호 씨가 사이비 교인일거라 의심했다. 성호 씨가 사이비 교인이 아니라면 자기도 모르게 물약을 먹고 냄새 나는 똥을 싸게 된 경우였다. 성호 씨는 자신은 똥냄새 사이비와 아무 연관이 없다고 주장하는데다 주변 조사에서도 증거가 발견되지 않았다. 그렇다면 어딘가에서 물약을 먹은 게 틀림없었다. 휴게소에서 간단한 간식을 사 먹고 배가 아팠다니 그게 의심됐다. 휴게소 음식을 모두 조사하는 건 불가능하다. 하지만 그동안 은신처에서 숨어있던 사이비 교인들이 물약을 휴게소 음식에 뿌려 불특정 다수에게 똥냄새 피해를 입혔을까봐 걱정됐다. 이렇다면 문제는 커진다.

잠을 자는 둥 마는 둥 아침이 밝자마자 나는 집을 나섰다. 평소라면 먹을 것 하나라도 챙기던 엄마가 요즘 옷에서 심한 냄새가 난다고 한탄했다. 다른 옷이나 방에 이상한 냄새가 뱄다며 도대체 뭘 하고 다니느냐고 폭풍 잔소리를 퍼부었다. 나는 한숨을 쉬고 발걸음을 재촉했다. 엄마, 딸은 지금 똥냄새 사이비 쫓아다니고 있다고요. 똥냄새 사이비란 말만 나와도 엄마는 기절초풍하겠지.

간단한 업무를 보고 다시 병원을 찾았다. 여전히 의문이 가득한 내 얼굴을 보고 성호 씨가 무언가 말을 할 태세였다. 입을 열었는데 여전히 말을 할까 말까 망설이는 눈치였다. 그러더니 결심을 한 듯 질문을 했다.

"제가 이번에 회사에 들어간 지 얼마 안 되거든요. 이렇게 병원에 입원해도 되나 싶어서."

나는 회사에 제출할 입원서류는 문제없이 끊을 수 있다고 대답했다. 하지만 그건 그가 원한 답이 아닌 모양이었다.

"그런데 저…"

주저주저하는 얼굴 표정을 보니 그동안 만났던 피해자들이 떠올랐다. 무언가 할 말이 있으나 말을 하지 않았던 사람들.

"걱정하지 않아도 됩니다. 입원 항목은 문제없이 작성될 테니까요. 보통 피로나 간단한 사고로 작성된다더군요."

'똥냄새 때문에 기절'이 아닌 '피로로 인한 실신'으로 적힌 입원서류를 보고 회사원은 한숨을 쉬었다. 이래서야 회사에서 얼마나 싫어하겠느냐고 말이다. 그래서 있지도 않은 사고 당사자로 꾸며 입원서류를 다시 만들었다. 보건복지부나 의

학협회에서 알면 난리 나겠지만 가짜 입원서류 만드는 정도
는 별 것 아니다. 내 대답에도 그의 얼굴은 답답해 보였다.

"제 속옷은?"

그제야 나는 어젯밤 똥이 잔뜩 묻은 그의 팬티가 떠올랐
다. 나는 그 기억을 억지로 밀어냈다.

"죄송하지만 그건 연구실에서 가져갔습니다."

"휴, 그런가요."

그의 표정이 변했다. 똥 묻은 팬티는 세상에서 영원히 사
라졌다. 이미 조각조각 잘려 거기에 묻은 똥과 냄새 분석에
들어갔을 테니 말이다. 혹시 여자 친구가 사준 팬티라서 의미
가 남다른 건가 궁금했지만 묻지 않았다. 별다른 증상을 보이
지 않으면 바로 오늘 오후라도 퇴원이 가능하지만 혹시 몰라
내일 퇴원 조치를 해야겠다고 말하고 병실을 나섰다. 성호 씨
는 회사와 집에 연락한다며 분주했다.

내가 병원을 나설 즈음 신 팀장에게 연락이 왔다. 물약과
성호 씨의 똥에서 물질 x가 발견되었단다. 물질 x는 이 물질
의 미스터리 때문에 붙여졌다. 확인이 되지 않는 의문의 물
질. 미지의 실험실에서 만든 합성 물질이라는 둥 전쟁 시 사

용할 화학무기의 일종이라는 둥 여러 의견이 분분한 모양이었다. 외계에서 온 물질이 아니겠느냐는 의견을 낸 사람도 있었다며 신 팀장은 웃었다. 나는 보고서에 외계에서 유래한 물질이라고 적어야 하나 고민됐다. 똥냄새 사이비의 핵심은 물질 x라 명명된 알 수 없는 물질에 있다. 이건 사람들만을 조사해서는 알지 못한다. 사이비 모임 한가운데로 들어가야 하는데 사라진 그들은 어디서도 발견되지 않으니 답답했다. 나는 그들의 위치가 궁금해질 때마다 하늘을 쳐다보았다. 우주로 간 것이 아니라면 그들은 어디로 사라졌을까. 짙은 안개 속에 갇힌 채 목적지를 바로 앞에 두고 빙빙 돌고 있는 느낌이었다.

얼마 후 초조한 내 마음을 알았는지 사이비 모임이 다시 만들어지고 있다는 첩보가 들어왔다. 교인 몇 명이 새로운 세를 모은다는 내용이었다. 팀장이 좋은 아이디어랍시고 위장 잠입수사를 지시했다. 수사는 지지부진한 상황이고 물질 x의 존재도 밝혀내지 못한 이때 잠입수사는 좋은 계획 같았다. 사이비 교인인 것처럼 속여 그들이 무엇을 계획하고 있는지, 어디로 사라졌는지 알아보면 많은 정보를 얻을 수 있을게다. 똥냄새 풀풀 풍기는 것도 모자라 이제 사이비 교인이 돼야 하나 암담했지만, 에라, 모르겠다. 일단 가보는 거다. 사이비 교인이 모인다는 제보는 있지만 정확한 위치는 아직 밝혀지지 않았다. 얼마 후 모임 장소를 찾을 수 있었다. 이게 다 똥냄새 덕분이었다. 요즘 창문만 열면 똥차 냄새가 난다는 신고를 받고 출동한 경찰이 그 근처에서 똥냄새의 진원지를 찾아냈다. 낡은 다세대주택 3층에서 똥냄새 풀풀 풍기는 사이비 모임이 숨어 있었다.

위치가 확인되자 잠입수사가 결정됐다. 그동안 똥냄새 사이비를 전담해온 나는 당연히 그곳에 포함된다. 나한테는 좋은 경험이겠지만 계속 더러운 임무에만 투입되니 힘이 쭉 빠졌다. 나는 새파란 신입티를 갓 벗은 1년차 요원이다. 아직 배우고 혼날 것이 많은 나 혼자 사이비 조직에 잠입수사를 하는 건 불가능하다. 과연 어떤 선배가 나와 함께 잠입수사를 하게 될까? 누구라도 똥냄새 사이비라면 고개를 절레절레 흔들었다. 내가 똥냄새를 좀 풍겼어야지. 선배들 모두 자기 일이 바쁘다며 거절하고는 혼자서도 충분히 잘 할 수 있다고 격려했다. 한숨이 푹푹 났다. 혹시라도 내 얼굴을 마주칠까 모두 딴

청을 피웠다. 나쁜 선배들. 발표 자료를 들고 가던 수빈 씨는 내 눈길을 눈치 채자 갑자기 엎어져 넘어졌다. 보고서가 사무실에 좌르르 쏟아졌다. 수빈 씨는 이날따라 신입 티를 팍팍 냈다. 아무리 내가 급하기로서니 나보다 더 부족한 초짜 쌩 신입과 함께 가자고 할까봐. 현장요원을 붙이자는 의견도 있었는데 비정규직인 그들에게 잠입수사까지 시키는 건 무리라는 윗선의 결정이 내려왔다.

"요즘 같은 시대에 남녀차별을 하는 것도 아니고. 소은 씨가 연약해 보여도 몇 년 차 우리들보다 훨씬 일 잘합니다."

선배들은 어느새 나를 10년 차 내공을 뽐내는 요원 같다며 침이 마르게 칭찬했다. 나를 밀어내는 선배들을 보니 묘한 배신감이 밀려왔다. 그동안 똥 냄새를 풍기며 사무실에 들어설 때마다 미안해한 것이 화났다. 이럴 줄 알았으면 선배들 책상이나 차에 몰래 똥 냄새를 묻힐 걸 그랬다. 선배들의 칭찬과 방관 덕분에 나는 당당히 혼자 현장에 투입되기로 결정됐다. 비장한 표정으로 나를 배웅하던 선배들 얼굴에서는 실룩실룩 웃음이 새 나왔다. 사우나 이용권을 선물한 박 선배는 내가 필히 똥냄새 공격을 가할 게야.

다세대주택 주변을 살폈다. 현장에 실제 가보니 모임은 중구난방이었다. 꾸준히 얼굴을 보이는 사람이 있지만 새로운 인물이 들어왔다 바로 사라지기도 했다. 사람들 방문이 뜸해져 혹시 다른 곳으로 옮겼나 의심될 무렵, 나는 다세대주택으로 들어갔다. 마음을 굳게 다졌지만 엄청나게 떨렸다.

새 사이비 모임의 근거지인 다세대주택 3층으로 올라갈수록 똥냄새가 심해졌다. 3층에는 낡은 현관문이 하나, 그 옆으로 옥상으로 올라가는 계단이 있었다. 지금은 내가 이들과 같은 부류라는 인상을 심는 게 우선이었다. 먼저 문을 어떻게 열어야 하나 고민됐다. 현관문을 앞에 두고 초인종을 누를지, 문을 두드릴지, 누구를 부를지 고민하는 사이 갑자기 현관문이 열렸다. 어디선가 본 것도 같고, 아닌 것도 같은 여자가 나왔다. 조금 작은 키에 통통한 몸매에 단발머리, 아줌마라고 불려도 될 나이지만 혹시 더 어릴 수도 있겠다 싶은 얼굴. 상하 모두 검정색으로 입은 그녀는 검정색 슬리퍼를 신고 막 문을 나서려던 참이었다.

"누구?"

"네?"

요원입니다, 라고는 말할 수 없을 터. 갑자기 당한 일격에 말문이 막혔다. 나를 누구라고 해야 하나 앞서 연습했던 것이 하나도 기억나지 않았다. 가장 기본적인 실수다.

"조금 일찍 왔네요?"

"네? 네."

"아직 준비가 좀 안 됐는데…."

"괜찮습니다."

뭐가 준비가 안 됐고 나는 뭐가 괜찮다는 건지, 정신이 없었다. 이러다 정체를 들킬까 당황한 나를 앞에 두고 그녀는 옥상으로 향했다. 계단을 오르는 뒷모습을 보자 그녀의 이름이 떠올랐다. 김선영. 민주 씨가 이전 직장에서 같이 일하다가 알게 된 사이로, 블라인드 회사를 소개한 후에 액즙 배달에도 끌어들였다는 그 여자였다. 선영 씨의 얼굴을 기억해내자 내가 정확한 장소에 잘 찾아왔다는 확신이 들었다. 나는 그녀를 따라 옥상으로 올랐다. 옥상 위에는 가건물로 지어진 옥탑방이 있었다. 방문 앞에 박스 몇 개가 있었다. 물약이 들어있을 박스였다. 그녀는 옥탑방 안으로 들어갔다.

"들어와서 이것 좀 먹어요."

"네?"

오늘 놀라는 일투성이였다. 방 안에서 그녀는 물약병을 마셨다. 그런데 이전과 달라졌다. 내가 민주 씨한테 받은 건 한약이나 과일즙을 담은 파우치 형태였는데 이건 플라스틱 병이었다. 500밀리미터 생수병인데 불투명한 짙은 갈색으로 코팅되어 내용물이 보이지 않았다.

"제가 알던 건 파우치 형태였는데."

"그건 아무래도 파우치 포장지도 있어야 하고. 이건 그냥 병에 담으면 되잖아. 하하."

그녀는 나에게 플라스틱 병을 하나 넘기고 다시 생수를 마시듯 플라스틱 병을 입에 대고 벌컥벌컥 마셨다. 요상한 냄새가 났다.

"파우치 시대를 아는 걸 보면 오래 된 분 같은데 얼굴은 낯설고…."

"제가 처음에 조금 활동하다 계속 안 했거든요. 다시 활동을 하려고."

"그렇지. 아무래도 처음에 적응 못하는 사람이 많으니까. 요즘 뉴스에 하도 때리니까 홍보하기도 어렵고. 그냥 알음알음 아는 사람끼리 모여요."

나는 그녀가 내민 플라스틱 병을 받았다. 짙은 갈색 플라스틱 병은 계속 재활용해서 쓰는지 사용한 흔적이 역력했다. 물약에 대한 반감에 더해 비위생적인 상태를 보니 비위가 상했다. 사람들이 이걸 아무렇지 않게 벌컥벌컥 마시는 장면을 상상하니 더욱 역겨웠다. 제발 무사히 버티자고 다짐, 또 다짐했다. 눈치를 보며 마셔야 하나 고민하다 선영 씨가 자리에 앉기에 병을 슬쩍 밀어냈다. 그리고 그녀를 도와 병에 물약을 담았다. 김치를 담그는 용도로 쓰일 빨간 대야에 요상한 냄새가 나는 물약이 가득 담겼다. 이건 내가 아니라 식약청에서 위생검사를 할 일이었다. 나는 꾹 참고 플라스틱 병에 깔때기를 꽂아 작은 밥그릇으로 물약을 옮겨 담고 뚜껑을 닫는 과정을 반복했다.

"이렇게 도와주는 사람 생겨서 얼마나 좋아. 다들 처먹을 생각만 하지 일은 하나도 안 해요. 그러면서 언제 선택받을 수 있냐, 빨리 가고 싶다 난리나 치고."

그녀는 옆에서 일을 하다 한소리를 늘어놓더니 슬쩍 사라졌다. 계단을 내려가는 슬리퍼 소리가 들렸다. 옥상에는 나 혼자 남았다. 나는 방에서 계속 물약을 플라스틱 병에 담았다. 그릇이나 깔때기나 모든 것이 정말 더러웠다. 이러고도 병에 걸리지 않는 것이 신기했다. 병보다도 더 독한 똥냄새를 갖게 되니 피장파장인가. 한참 단순노동만 하자니 허리가 쑤시고 답답했다. 잠입을 나와 이러고만 있어도 되나 회의가 들었다. 생각을 비우고 있자니 그녀가 말한 게 다시 떠올랐다. 그냥 지나쳤는데 선택 받고 빨리 가고 싶다는 말은 완전히 사라져버린 이전 멤버들처럼 어딘가로 사라져버린다는 뜻일까 싶어 소름이 돋았다. 이런 중요한 말을 그냥 놓치다니. 주위를 둘러보고 휴대폰을 꺼내 팀장에게 메시지를 보냈다.

'잠입 성공. 어딘가로 선택받아 간다고 함. 정확한 의미는 상황 확인해 보고하겠음.'

이 정도면 오늘 여기 온 것 치고는 예상 밖의 수확을 얻었다. 스파이의 능력이 숨어있는 것 같았다. 그때 휴대폰이 울렸다.

'그럼 수고.'

내가 어마어마한 칭찬을 받자고 일을 한 건 아니지만 무시 받을 일은 아니다 싶어 조금 서운했다. 마음 상해 있는 사이 누군가 계단을 올라왔다. 나는 전열을 가다듬고 열심히 일했다. 플라스틱 병에 깔때기를 꽂고 물약을 따르고 뚜껑을 꼭 닫는다. 끝.

"많이도 만들었네. 그럼 언제까지 일할 거요?"

"네?"

이건 나를 일꾼으로 부려먹겠다는 심산이다. 그래도 지금 당장 필요한 건 일꾼 모드였다.

"헤헤헤. 하는 데까지는 열심히 해야죠."

"아이고 예뻐라. 그럼 만들다 힘들면 집에 가고. 내일은 몇 시쯤 올라나?"

나를 아예 이곳 직원으로 생각하는 건가. 이곳에 받아들여진 것이 다행이지만 이래서야 진정한 위장잠입수사라 할 수 있을지 궁금했다. 이곳에서 숙식을 모두 해결하며 지낼 것을 각오하고 왔는데.

"여기서 지내는 사람은 없나요?"

"얼마 전까지는 많았지. 지금은 다들 자기 살 거 정리해야지. 그거 하느라 바빠 정신없어. 다 끝나면 어차피 다들 모일 거야. 그럼 자기는 벌써 정리 다 하고 왔나봐?"

엄마와 아빠한테 중요한 임무를 맡았다고 했다. 아마 당분간 연락을 못 할 거라는 말에 한숨을 푹 쉬며 몸 건강하라고 걱정하시던 엄마가 생각났다. 이곳에 오기 전에 방을 깨끗이 청소해 두었는데 아무 소용없는 짓이었다. 완전히 삭제한 아이돌 사진과 영상이 생각났다. 이럴 줄 알았으면 몇 개는 남겨둘걸.

그녀는 내가 담아둔 물약 병을 들고 내려갔다. 다시 옥상에는 침묵만이 감돌았다. 주변 거리를 지나는 자동차소리, 사람들 소리, 개 짖는 소리가 들렸다. 지금 옥상에는 오롯이 나 혼자뿐이었다. 긴장이 사라지자 이곳에서 풍기는 고약한 냄새가 괴로웠다. 나는 물약이 든 플라스틱 병 두 개를 집어 가방에 넣었다. 그리고 조용히 아래로 내려왔다. 내 첫 번째 임무는 이렇게 끝났다.

사무실에 들어갔더니 다들 분주하게 자기 할 일을 하기는 개뿔, 인터넷 검색과 쇼핑, 게임 삼매경이었다. 내가 들어서자 다들 놀라는 눈치였다. 자연스럽게 손이 코를 틀어막는 것을 보니 똥냄새는 여전히 나는 모양이다. 나는 팀장에게 아까 보낸 문자메시지와 함께 상황을 보고했다. 며칠 그곳에 틀어

박힐 생각이었던 터라 미리 챙겼던 속옷과 세면도구를 그대로 집에 들고 가야 했다. 보고서를 작성하고 내가 가져온 샘플을 연구소에 갖다 준다며 일찍 사무실을 나섰다. 연구소에 도착한 뒤 신 팀장을 불러냈다. 예전에 연구소에 들어가려다 복잡한 절차 때문에 고생한 기억이 났다. 그런 건 다시 하고 싶지 않다.

"이건 뭐야?"

"샘플이라고 해야 하나 아니면…."

"플라스틱 병 느낌이 사악한데."

"그렇겠죠. 똥냄새 사이비가 이제 물약을 이 병에 담아서 쓰더라고요."

"윽."

신 팀장은 나에게 병을 건네받고는 외마디 비명을 질렀다. 뛰어난 연구정신도 더러운 물병 앞에서는 빛을 발하지 못했다.

"병이 왜 이리 더러워?"

"가보니까 씻지도 않고 계속 재활용하던데요."

"왜? 돈이 없어서 그런가?"

나는 빌라에 잠입했다 물약을 담았던 이야기를 했다. 아마 며칠 동안 그 일만 할지 모른다.

"고생이네."

"팀장님도 고생하시고요."

"아직 연구 중이긴 한데, 그 미지의 물질 x 말이야. 정말 외계에서 온 건지도 모르겠어."

신 팀장은 물질 x를 외국 연구소에 보내 다른 학자와 함께 연구 중이었다. 아직까지 지구에서 발견되지 않은 물질 같다는 결론만 나온 상태였다.

"몸조심하고. 전화는 해도 돼?"

"문자는 괜찮을 것 같은데요."

"오케이."

신 팀장과 헤어져 집으로 갔다. 엄마는 못 들어온다더니 일찍 들어왔다고 호들갑이었다. 며칠 미뤄졌다는 내 말에 고개를 끄덕였다. 어느새 시간이 늦었다.

며칠째 나는 다세대주택으로 출근해 물약을 더러운 플라스틱 병에 담았다. 그 사이 플라스틱 병을 내밀며 다 같이 마시자는 제의를 얼마나 많이 받았는지. 민주 씨는 마시는 척을 하느라 고생했다는데 작은 방에서 여러 사람들과 함께 있어 신경 쓰였다. 해결책은 내가 준 샘플을 연구하던 신 팀장에게서 왔다. 신 팀장이 플라스틱 병을 판매하는 인터넷 사이트를 알아냈고 나는 연구를 핑계로 병을 구입했다. 낡은 것처럼 만든 깨끗한 병에 물을 담아 마시면 된다. 내 가방에는 이제 만반의 사태에 쓸 위장 플라스틱 병이 몇 개 들었다. 플라스틱 병에 물약을 담고, 다세대주택에 오는 사람들을 만나고, 선영 씨와 사람들을 조사하는 바쁜 나날이 이어졌다.

잠입수사에는 한 가지 큰 단점이 있었다. 이 사람들은 똥냄새를 고약하게 만들려고 지독한 물약 섭취도 마다하지 않는다. 똥냄새가 나쁠수록 박수를 받았다. 똥냄새가 여전히 보통 상태라면 격려와 위로를 받았다. 이들이 만들어낸 고약한 냄새는 오랫동안 남아 모든 공간에 뱄다. 옥상이나 방, 계단에서는 참을 만 했다. 그러나 화장실 안에서는 똥냄새 때문에 숨이 막혔다. 옷을 잔뜩 끌어 코를 막아도, 그 냄새는 사라지지 않았다. 화장실을 한번 쓰고 나면 냄새가 내 옷이나 몸에 오랫동안 남았다. 아, 신이시여. 저에게도 똥냄새를 주시는 겁니까. 똥냄새가 독하니 눈물까지 찔끔 나왔다. 그럼 나는 요원을 꿈꾸었던 내 어린 시절을 탓하고 직업을 바꾸어야 하나 고민했다.

신기하게도 어느 누구도 내 존재를 의심하지 않았다. 어느 날 갑자기 나타난 새 인물, 가끔 아무 것도 모른다는 듯 어리바리한 행동과 말을 하고 여전히 동화되지 못하는 행동. 의심할 건더기가 많은데도 나는 그들에게 받아들여졌다.

다세대주택에 간지 일주일 만에 사건이 일어났다. 다세대주택 지하에는 노부부가, 1층에는 얼굴을 보기 힘든 젊은 사람이, 2층에는 배달대행업체 직원들이 쓰고 있었다. 사람 사는 곳은 가슴 따뜻한 인간미가 넘치거나 냉정한 무관심이 가득하거나 둘 중 하나다. 이곳은 무관심의 집대성이었다. 똥냄새가 진동을 하는 데도 무사한 것이 그래서였다. 하지만 해도 해도 너무했는지 모두 곤히 잠든 새벽, 누군가 3층 문을 거세게 내리쳤단다. '냄새 때문에 못살겠다.'라고 소리 지르면서.

내가 다세대주택에 갔더니 그날 3층에 있었던 선영 씨가 나를 붙잡고 하소연했다. 똥냄새 사이비를 믿는 이들은 중장년은 훨씬 넘은 노인들이 대부분이었다. 민주 씨가 갔던 모임에는 젊은 사람도 몇 명 있었다던데 여기 다세대주택에는 죄다 나이든 이들 뿐이다. 아무래도 젊은 사람이 나뿐이니 나를 보고 안심한 것도 이해가 되었다. 이들이 놀란 상황은 물론 냄새 때문에 고생하다 새벽에 행패를 부린 사람들도 이해가 되었다.

인간의 후각은 꽤나 둔하다고 하지 않던가. 계속 냄새를 맡으면 그 냄새를 감지하지 못한다. 아니다. 이건 과학자들이 틀렸다. 이 똥냄새는 맡으면 맡을수록 몸이 괴롭다. 다세대주택에 머무는 사람들이 많아질수록 냄새는 점점 더 심해졌다. 3층에 오르기 전부터 그 냄새가 나타날 정도니 말 다 했다. 새벽에 행패를 부린 사람은 점점 더 심해지는 냄새를 맡고 다음에 무엇을 할지 고민할 것이다.

"상황이 상황이다 보니 이주를 조금 앞당겨야겠네요."

"우리는 다 정리했으니까 빨리 할수록 좋아."

상황이 급박해지고 있었다. 조만간 이들은 사라질 것이다. 그걸 놓치지 말아야 한다. 정리를 마쳤다는 사람들이 늘었다. 다들 어떻게 소식을 들은 것인지 잔뜩 기대에 찬 얼굴을 하고 다세대주택과 옥상을 채웠다. 고민이 역력하던 선영 씨가 달력을 들고 나타났다.

"이틀 뒤입니다."

디데이는 이틀 뒤다. 시간은 새벽 네 시, 장소는 다세대주택 인근 공원이다. 나는 사전 답사차 그곳에 가보았다. 선영 씨가 말한 대로 성당을 끼고 걸으니 요양원과 빌라 사이에 작은 샛길이 나타났다. 그 쪽으로 야트막한 언덕이 보였다. 안쪽으로 작은 공연장과 화장실이 나타나고, 체력단련장, 약수터도 있었다. 산책을 나온 사람이 많았다. 그런데 정자는 어디 있지? 나는 공원을 돌아다니다 선영 씨가 말한 정자도 찾아냈다. 정자에는 할아버지 한 분이 낮잠을 자고 있었다.

다세대주택에 가니 홍영감이 난동을 부리고 있었다. 홍영 감은 왜 나는 안 되냐며 소리를 지르고 선영 씨는 이를 말리느라 진땀을 흘렸다. 꼬장꼬장한 행동이 소싯적 영감과 진배없어 홍영감으로 불리는 인물이었다. 말 많고 고집 세고 무엇보다 자신이 가장 앞서야 하는 사람, 다른 이는 신경 쓰지 않고 독단적으로 일을 벌이는 사람. 이른 나이에 많은 돈을 벌어 은퇴하고 세 딸 모두 잘 살고 있으니 걱정이 없다던 그. 어느 누구보다 열심히 사이비에 심취하여 물약을 먹고 또 먹었건만 똥냄새 검사에서 불합격 통보를 받았다. 잘 모르겠지만 똥냄새에도 등급이 있어 아무나 선택받는 건 아닌 모양이었다. 홍영감은 똥냄새를 검사한 선영 씨에게 계속해서 다시 검사를 하라고 윽박질렀다. 홍영감을 제외한 다른 사람들은 빨리 선택의 날이 오기를, 공원에 갈 시간을 기다렸다.

나는 공원 정자 길을 몇 번이나 익혔다. 가는 날짜와 시간, 장소까지 알고 있건만 선영 씨는 나에게 별 말은 하지 않았다. 물약을 먹는 척만 하니 내 똥냄새는 여전히 평범했다. 홍영감처럼 똥냄새 검사에서 떨어진 것이었다.

떠나기 전날 다세대주택을 일찍 나와 사무실로 향했다. 곧 사이비 교인의 이주가 시작되니 이 사실을 알려야한다. 상황이 상황인지라 나는 작은 카메라와 녹음기 같은 장비를 챙겼다. 팀장에게 이번에도 사이비 모임이 사라질 모양이라며 새벽에 요원 몇 명을 공원에 배치해달라고 부탁했다. 팀장은 생글생글 웃으며 고개를 끄덕였다. 항상 그렇듯이 '그럼 수고.'란 말만 남기고. 집으로 돌아와 엄마와 아빠에게 드디어 작전 수행을 위해 며칠 집을 비운다고 말했다. 며칠 전 비장한 표정으로 소식을 알렸다가 똥냄새만 풍기고 당일 집으로 돌아왔던 터라 두 분 모두 무덤덤했다. 나는 다시 짐을 챙겼다. 내

컴퓨터에 아이돌 열애 소식에 달았던 악플 기록이 있는데 그건 괜찮을까 걱정됐다. 처음으로 맞는 큰 작전을 앞두고 긴장된 마음에 거의 뜬눈으로 밤을 새웠다.

가로등이 있다고는 하나 으슥한 새벽 공원길은 으스스했다. 팀장에게 말해두었으니 다른 요원이 공원 어디선가 잠복해 있을 것이다. 나는 속옷과 세면도구, 물병, 휴대폰, 녹음기 같은 도구가 든 가방을 꼭 맸다. 선영 씨가 말한 정자로 향했다. 싸늘한 바람이 스치자 팔에는 소름이 돋았다. 정자에 당도했다. 아직 아무도 없었다. 지금은 새벽 세 시. 내가 지나치게 빨리 왔다. 투철한 직업정신 때문이었다. 남는 시간동안 정자에 앉아 기다리기로 했다. 새벽녘 찬 공기가 시려왔다. 멀리서 고양이 소리가 들렸다. 설마, 정말 고양이겠지. 정자에 앉으려는데 인기척이 느껴졌다.

"허억."

외마디 비명조차 제대로 나오지 않을 만큼 놀랐다. 뜻밖에도 희미한 가로등 불빛에 비친 이는 선영 씨였다. 정자에서 잠이 들었는지 부스스한 얼굴이었다. 두꺼운 패딩점퍼를 입은 채였다.

"왜 이렇게 일찍 왔데."

시간을 확인한 선영 씨가 짜증을 냈다.

"잠이 안 와서요."

"설희 씨는 아휴. 어떡하지. 내가 말을 안 했구나. 아직 선택받기에는 부족한데. 나랑 물약 작업 더 하다가 나중에 가자."

이곳에 알려진 내 이름은 이설희다. 팀장의 첫사랑이었다는 이 이름이 나한테 부여된 비밀수사용 이름이었다.

"그래도 혹시 모르니까."

"무슨 소리야. 내가 냄새만 맡으면 다 아는데."

"제가 선택받지 못할까요?"

"지금 여기까지 왔으니 가란 말은 못하겠지만 아마 가도 바로 쫓겨날 거야."

바로 쫓겨난다면 나는 더 좋다. 그곳에서 고약한 똥냄새를 버텨낼 자신이 없었다. 이들이 어디로 숨는지 장소만 알아내고 사무실에 보고하는 시나리오가 더 마음에 들었다.

"그래도 한번 해보겠습니다."

"나는 모르겠다. 그동안 제일 열심이었으니 나도 한번 눈감아주겠는데 가도 별 도움이 안 될 거야. 그래도 나 원망하지 말고. 잘 못하는 사람 보냈다고 나까지 욕먹겠네."

말을 들어보니 그곳에서의 일은 선영 씨 소관이 아닌 모양이었다. 대화를 나누는 사이 누군가 정자로 나타났다. 홍영감이었다. 짐을 바리바리 싸들고 낑낑거리며 나타났다.

"영감님. 이렇게 오시면 어떡해요?"

"누가 뭐래도 내가 홍영재야. 내가 간다면 가는 거야."

선영 씨는 한손으로 눈을 가린 채 나도 모르겠다는 소리만 연발했다. 새소리가 들렸다. 아직 어둠이 가득한데 실낱같은 빛의 신호를 감지한 부지런한 새다. 일찍 일어나는 새가 먹이를 잡고, 똥냄새를 맡는 법. 슬슬 똥냄새가 풍긴다 싶더니 하나둘 사람들이 늘었다. 스무 명 남짓 되는 사람들은 가지각색이었다. 홍영감처럼 잔뜩 짐을 싸들고 온 사람, 두 손에 하나든 것 없이 주변 산책 가듯 나온 사람. 새벽 네 시가 넘자 선영 씨가 조급해했다.

"쌀쌀해서 그렇지 이런 새벽에도 공원에 사람들 있어요. 조심해야 돼요."

밤을 새며 공원에서 새벽을 맞는 청소년들, 일찍 잠에 들어 새벽에 득달같이 깨어 산책을 나오는 어르신들. 새벽 공원에서 우리가 마주쳐서는 안 될 사람들이었다. 선영 씨의 안내를 받아 우리는 정자 옆 샛길로 공원 안쪽으로 들어섰다. 낮은 언덕배기에 아름드리나무가 우거졌다. 그 사이에 작은 공터가 나타났다. 우리는 선영 씨의 안내를 받아 그 주위에 붙어 섰다. 우리가 선택을 받을 곳이었다. 선택이 무엇인지 아무 것도 모르는 나는 선택하는 사람들 마음이 넓기만을 기대했다. 선영 씨는 이곳에서 누군가 우리를 선택하면 에덴동산에서 인간의 모든 물욕을 벗어던지고 행복의 향연만을 맛볼거란다. 모두 황홀한 표정을 지었다.

누가 어디에서 나타나는 것일까, 어떻게 가는 거지, 머릿속에는 의문만 가득했다. 차가 들어올 만한 길은 아니었다. 다른 요원들이 누가 접근하고 있는지 잘 감시하고 있겠지. 갑자기 새소리가 커졌다. 사방에서 다양한 새가 울었다. 새소리가 너무 크다고 생각할 찰나 내 눈앞에 강렬한 빛이 느껴지고 이상한 느낌이 들었다. 몸이 하나하나 분해되는 느낌, 아니 세포가 하나하나 분리되는 느낌이랄까. 그 와중에 나는 정신을 잃었다.

내가 다시 정신을 차린 곳은 이상한 공간이었다. 정신이 오락가락한 와중에도 나는 주위를 둘러보았다. 새하얀 벽이 이어졌다. 이곳이 어디일지 가늠해보았다. 어떻게 내가 이곳으로 왔는지 알 수가 없었다. 혹시 약을 먹였나 싶은데 그것조차 기억이 나질 않았다. 어디선가 이 모임을 지켜보았을 요원들이 잘 따라 와주기만 바랄뿐이었다. 나와 함께 이곳으로 도착한 사람들을 둘러보았다. 모두 나처럼 정신이 없는 것 같았다. 얼굴에 의아함이 가득했다.

"여기가 어디여?"

"우리가 어떻게 여기로 왔지?"

"후딱 왔으니 암 것도 모르겠네."

그 와중에 홍영감은 혼자 이리저리 돌아다녔다. 선영씨도 꽤나 의연했다.

"아이고, 여기가 어디랴? 우리 죽은 겨 산 겨?"

"저희 모두 다 잘 도착했어요. 다들 괜찮으시죠?"

선영 씨가 명랑한 목소리로 말했다. 선영 씨는 이미 사라진 무리의 일원이었다. 이곳이 친숙할 것이다.

"저희가 그렇게 바라던 곳으로 왔어요. 어떤 곳인지 확인해보시죠."

우리는 어느새 선영 씨를 졸졸 따라다녔다. 홍영감마저 어느새 무리에 들어왔다. 흰 창고 같은 곳을 나서자 또 다른 창고가 나타났다. 그곳을 들어서자 구역질이 났다. 그놈의 똥냄새가 진동했다. 이건 예전에 맡았던 것보다 차원 높은 고도의 똥냄새였다. 누구도 절대 맡아 보지 못한 똥냄새. 내 코가 먼저 이 상황을 파악하고 속을 뒤집었다면 눈은 그보다 늦게 더 큰 충격을 주었다. 많은 사람들이 변기에 앉아 똥을 누고 있었다. 오 마이 갓. 이건 또 무슨 일인가. 여기가 이들이 말하는 똥 천국인가. 나는 충격에 온몸이 휘청거렸다. 이 사람들은 무슨 생각인지 궁금해졌다. 나는 요원으로서의 정신을 차리고 이 상황을 견뎠다. 똥을 누는 사람들이 내가 사진이나 영상에서 본 이들임을 알아챘다. 똥냄새 사이비의 사라진 사람들이 여기 있으니 이곳이 그토록 찾던 그들의 아지트였다.

"저희도 이들처럼 축복받은 똥 생산자가 될 수 있습니다. 많은 똥을 뿜어내며 지구에서 얻은 악과 슬픔, 모든 나쁜 것들을 버립시다."

선영 씨는 귀신 똥 싸는 소리를 하고 있다. 지독한 똥냄새를 좋아하는 사람들임을 알고는 있었지만 이런 장면에 충격을 받지 않았을까. 주변을 살피니 얼굴에 당혹감이 감돌았지만 냉정을 유지했다. 홍영감만 유독 혼자 신났다. 냄새는 아랑곳없이 기대에 가득한 표정이었다. 무슨 생각을 하는지 모르겠다.

이상한 곳이다. 온 몸이 부유하는 느낌이 들었다. 이렇게 넓은 공간을 자유롭게 다니는 것을 보면 보안이 엄격하지도 않았다. 휴대폰도 바지 주머니에 그대로였다. 휴대폰을 꺼내니 안테나가 사라진 수신불가지역이다. 오지 중의 오지인 모양이다. 여기는 도대체 어디일까. 이들은 이곳을 어떻게 찾아냈을까. 사무실로 전화와 문자가 제대로 연결되지 않을 테니 휴대폰이 있어도 소용없었다. 내 위치를 제대로 쫓았겠지? 선영 씨의 설명을 들으며 우리는 우리가 도착했던 공간으로 넘어왔다. 이곳이 우리에게 할애된 공간이었다. 개중에는 원래 있던 팀과 함께 하기를 요구하는 사람들도 있었다. 그쪽 공간에도 여유가 있었다.

"좁은 공간에 많은 사람이 있으면 쾌적하지가 않잖아요."

쾌적은 이 사람아. 똥냄새가 이렇게 심한데 쾌적하기를 바라다니. 똥냄새를 찾는 불나방답게 사람들은 쾌적한 것은 중요하지 않다고 큰소리쳤다. 선영 씨가 당황한 눈치였다.

"이건 나중에 어엉에게 물어볼게요."

어엉? 똥냄새를 생각하다 정작 중요한 단어를 듣지 못했다. 분명 선영 씨가 물어볼 사람이라면 이 모임의 중심인물일 것이다. 다른 방에 있을까. 하지만 선영 씨는 다른 방으로 가지 않았다.

"이곳에서 시간을 보내다 제가 의견을 전달할게요."

선영 씨가 말한 중심인물은 아직 이곳에 도착하지 않았나 보다. 영상에서 확인한 중요 인물은 아까 그 방에 모두 있었다. 지금껏 알려지지 않은 인물을 볼 생각에 긴장이 되었다. 아마 똥냄새 사이비의 핵심 인물일 것이다. 그 사람은 쉽게 나타나지 않았다. 사람들은 어느새 자신만의 변기를 부여잡고 희망찬 똥 생활을 시작했다. 곳곳에 먹을 것과 마실 것이 있었다. 그리고 그놈의 물약 역시 쌓여있었다. 텔레비전도 있었는데 화질도 흐릿하고 음성도 나오지 않는 불량품이라 아무도 신경 쓰지 않았다. 배고프면 먹고 졸리면 자는 생활이 이어졌다.

분명 한국은 사계절이 뚜렷한 나라다. 사계절이라지만 이제 긴 여름과 겨울 사이에 아주 짧은 봄과 가을이 끼어 있는 형국이다. 분명 춥거나 더운 날씨가 이어져야 했다. 내가 이곳에 온 때는 점점 더워지기 시작할 때였다. 창고를 나와도 내가 볼 수 있는 건 창고 안에서와 같은 조명등이었다. 어떤 열도 느껴지지 않는 무색의 빛. 햇볕은 아예 내리쬐지 않았다. 조금 무서워졌다. 온도와 습도만 해도 그렇다. 24시간 내내 똑같은 온도, 습도를 유지하고 있어 몸은 어떤 변화도 느끼지 못했다. 땀이 나지도 흙 같은 먼지가 묻지도 않았다. 똥냄새만 아니라면 살기 쾌적한 곳이었다. 똥냄새 사이비는 어떻게 이런 곳을 찾았는지 궁금해졌다.

무료한 곳에서 하루하루 버틴 이유는 핵심 인물을 찾고자 해서다. 그놈만 잡아낸다면 이곳을 바로 탈출하리라. 이곳이 어디인지 모르겠지만 밖을 나서면 휴대폰 통화가능지역으로 갈 수 있겠지.

"영감님 제가 말씀드렸잖아요. 영감님 신체가 완벽한 똥냄새를 만들어내지 못해요."

"무슨 소리야. 내 몸이 얼마나 건강한데. 아직 몇 십 년은

끄떡없다고."

"그게 아니라요. 제 말 좀 들어보세요."

똥냄새 사이로 두 사람의 대화이자 고성이 오고갔다. 선영 씨 말로는 아무리 물약을 먹어도 제대로 된 똥냄새를 만들지 못하는 사람이 있단다. 모든 사람의 장내 미생물이 달라 똥냄새가 다를 수밖에 없다. 물약은 똥냄새를 바꾸어주지만 모든 사람이 혜택을 보지 못했다. 이런 불행을 타고난 이 가운데 하나가 선영 씨였다. 선영 씨가 행복한 변기에 앉아 똥 생산에 매진하지 못하고 이렇게 신입을 모아 물약을 먹이고 이곳에 데리고 오는 이유였다. 홍영감은 선영 씨와 같은 이유로 완벽한 똥냄새를 만들어내지 못했다. 내가 맡은 바 홍영감의 똥냄새는 충분히 나빴지만 똥냄새에도 어떤 기준, 등급이 있었다. 그걸 감지해내는 게 선영 씨가 할 일이었다. 선영 씨는 별다른 일없이 똥냄새를 킁킁 맡으며 평가를 했다.

선영 씨는 홍영감에게 자신과 함께 돌아가자고 했다. 나에게 그 말을 직접 하지 않았지만 돌아가는 무리에는 나도 포함될 것이었다. 이럴 때가 아니다. 바로 돌아가고 싶은 마음이야 굴뚝같았지만 사이비 모임의 주도자를 봐야했다. 그전에는 도저히 갈 수 없었다. 문제는 똥냄새였다. 내가 똥냄새를 버티지 못한다는 건 부차적인 문제였다. 문제는 내가 물약을 먹는 척만 했고 이게 똥냄새에 직접적인 영향을 준다는 사실이었다. 나는 이들처럼 고약한 똥냄새를 풍기지 못했다. 이러다가 별다른 성과 없이 돌아가게 생겼다. 지금 물약을 몇 사발 들이킨다 해도 소용없으리라. 이들은 최소 몇 달 동안 물약을 먹어 똥냄새를 만들어온 사람들이었다. 모름지기 진정한 잠입이란 100퍼센트 그들과 동화되는 것이다. 역겹다고 물약을 피했던 과거가 후회되었다. 지금부터 물약을 먹을까 싶다가도 그 냄새와 맛, 질감을 생각하면 고개가 절로 돌아갔다. 똥냄새만으로도 견딜 수 없는데 물약까지는 무리였다. 가방에서 꺼낸 빈 페트병을 들고 물약을 마시는 척했다. 냉장고에 든 시원한 보리차가 그리웠다.

나에게 할당된 빈 변기를 바라보았다. 제정신을 가진 20대 여성인 내가 이곳에서 똥을 누는 건 정말 창피했지만 며칠 동안 쌓인 변의가 느껴졌다. 나는 몸을 최대한 구부리고 옷으로 잔뜩 가린 채 볼일을 봤다. 평소와 달리 나는 변기에 남겨진 내 결과물을 자세히 관찰했다. 선영 씨가 보기에 내 똥 품질은 최하품이리라. 나는 주변을 둘러보았다. 고약한 냄새가 가득한 물똥이 가득했다. 지독한 냄새에 고개가 저절로 돌아가고 눈물이 찔끔거렸다. 어떡해야 똥냄새를 만들 수 있을까? 이게 창작자의 고뇌일까. 고민을 하다 굳은 결심을 하고 냄새가 고약한 물똥을 작은 컵에 담아 내 변기에 넣었다. 그리고 볼펜으로 휘휘 저었다. 계속해서 구역질이 났다. 촬영도구가 아니라 방독마스크를 챙겼어야 했다. 내 첫 작품이 담긴 변기를 얼른 벗어나고 싶었다.

그때 내 바지춤에서 이상한 느낌이 났다. 그게 내 휴대폰 진동이라는 것을 깨달았다. 수신불가지역이라는 메시지가 떴었는데 여기서 휴대폰이 돼? 휴대폰을 확인하니 이상한 특수문자가 가득 들어간 스팸메시지였다. 혹시나 싶어 집이나 사무실에 전화를 걸어봤지만 통화가 되지 않았다. 잠시 후 전화가 울렸다. 반가운 마음에 전화건 이를 확인하니 선명하게 보이스피싱이라고 떴다. 이런 젠장. 정작 전화는 안 되고 이상한 스팸만 오다니. 그것도 반가워 전화를 받으니 바로 끊겼다. 돌아다니며 안테나가 뜨는 곳을 찾았지만 휴대폰은 영영 먹통이었다.

내 인생에 지독한 똥냄새와 자신의 소명처럼 변기에 앉아 똥 싸는 사람들 이상으로 충격을 주는 일은 없을 것이라 자신했다. 하지만 그건 오산, 이건 모두 장난이었다. 내 눈앞에 인간이 아닌 존재가 나타났다. 현실성 없는 이 상황이 꿈속이 아닌가 생각했지만 아무리 노력해도 꿈에서 헤어날 순 없었다. 정녕 이게 현실인가. 이곳에 인간이 아닌 존재, 즉 외계인이 나타났다. 1미터 정도 되는 작은 키에 마른 팔과 다리, 나무 비슷한 외피에 아가미가 몸에서 계속 떨렸다. 그런데 이 외계인, 한국어도 잘한다. 선영 씨와 아까부터 대화를 나누고 있었다. 간간히 단어 몇 개가 내 귀에까지 들려왔다. 너무 가까이 가면 쫓겨날까 눈치를 보며 근처에 머물렀다. 선영 씨는 새로 도착한 우리가 눈 똥을 외계인에게 보여주고 외계인은 똥을 조사했다. 다른 이들은 외계인에 상관하지 않고 똥을 누고 있었다. 그들은 외계인이 그 존재라고 굳게 믿는 듯했다. 똥냄새를 통해 세상의 선을 추구한다는 존재 말이다. 인간의 똥을 좋아하는 외계인과 똥을 누는 것으로 행복을 느끼는 인간들이라니, 서로의 빈틈을 확실히 채워주는 완벽한 커플이었다.

그동안 듣도 보도 못한 낯선 생명체의 등장에 잔뜩 긴장한 나와 달리 홍영감은 겁도 없이 외계인에게 다가가 머리와 몸을 만졌다. '저러면 안 되는데.' 싶은데도 말릴 수 없었다. 외계인의 아가미가 파르르 떨렸다. 아까와는 달리 감정이 상했나 보다. 혼자서 외계인의 감정 변화를 보고 있자니 이력서에 외계인어 가능이라고 적었어도 될 뻔했다. 그럼 똥냄새 사이비를 맡아 고생하지 않았으려나. 홍영감의 외계인 추행을 선영 씨가 급히 말렸다.

"영감님 자꾸 이렇게 말썽을 부리시면 안 돼요."

홍영감은 별일 아니었다는 듯 다른 곳으로 갔다. 가방에 든 장비 생각이 났다. 촬영도구를 꺼내 외계인과 선영 씨를 몰래 촬영했다. 변기에 앉은 인간들도 찍고 주변도 찍었다. 지구를 방문한 외계인이 알려진 바는 없다. 촬영을 하다 갑자기 소름이 돋았다. 설마 이곳이 지구가 아닌 걸까. 외계인이 나타났고 일상적으로 이해가 되지 않는 장소라면 내가 우주에 있는지도 모른다. 나는 외계인과 선영 씨를 계속해서 볼지 이곳을 나가 주변을 조사할지 고민이 되었다. 외계인이 언제까지 이곳에 있을지 모르니 외계인 쪽을 택했다. 바깥 조사는 나중에 해도 좋을 것이다. 선영 씨가 똥 한 무더기를 가져와 외계인 옆에 놓았다. 외계인의 아가미가 푸드득거렸다. 인간의 머리에 해당하는 곳에서 기다란 더듬이가 나와 냄새 지독한 똥을 향했다. 더듬이는 산들바람을 맞은 갈대처럼, 노래를 듣다 흥에 겨운 사람들의 손처럼 흔들렸다. 나는 털썩 주저앉았다.

"홍영감은 어디 가셨데?"

어느새 선영 씨가 내 옆으로 다가왔다. 퍼뜩 정신이 든 나는 촬영도구를 들키지 않으려 몰래 가방 안에 다시 챙겼다.

"저, 저기. 그, 그것들은. 아니 이분들은….."

도대체 뭐라 지칭해야 할까. 나는 한동안 말을 더듬었다.

"맞다. 처음 보는구나. 우리의 신적인 존재, 우리의 똥 구원자. 우리가 뱉어낸 고약한 세상의 악을 이해하고 아량으로 품어주는 존재죠."

선영 씨는 평소와 달리 무언가에 세뇌된 듯 말을 늘어놓았다. 똥냄새 사이비라고 무시했건만 정말 사이비가 맞긴 맞았다. 냄새만 구린 게 아니라 정신마저 구린 사이비. 아무리 봐도 내 눈에는 신으로 보이지 않지만 그냥 고개를 끄덕였다.

"여기는 어디에요?"

설마 여기 우주야? 선영 씨 입에서 '그럼요, 지구가 아니죠.'라는 말이 나올까 조마조마했다.

"여기가 바로 우리의 천국이자 극락이죠. 우리는 이곳에서 똥을 누면서 우리의 죄를 반성하고 깨끗한 몸으로 되살아나요. 저 존재는 우리의 악을 모아 자신들의 극락을 만들고요."

뭐 개 같은 소리야. 사무실로 돌아가면 인간을 세뇌시키는 외계인을 조사해봐야겠다. 물약이나 피해자 똥에서 물질 x가 발견되지 않았나. 농담처럼 외계에서 온 물질이라고 했던 그 물질 x. 외계인까지 등장했으니 물질 x는 외계인이 지구에 뿌린 물질일 것이다. 외계인의 지구 침공이랄까. 지구의 운명이 내 손에 달렸다. 이런 위급한 상황에 휴대폰은 연결되지 않는다. 나는 가방에 든 장비가 제대로 촬영했길 기도했다.

다시 외계인이 살랑거리며 등장했다. 변기 안을 살피며 똥냄새를 맡을 때마다 아가미가 푸드득거렸다. 그 떨림을 보고서 똥냄새를 좋아하는지 싫어하는지 알 수 있었다. 선영 씨와 외계인은 다시 대화를 나누었다. 가까이 다가가 무슨 이야기를 하는지 듣고 싶지만 그럴 기운이 없었다. 외계인이 왔다

갔다 하는 어딘지 모를 비현실적인 공간에 지독한 똥냄새는 여지없이 번졌다.

나는 이곳이 우주인지 아니면 지구에 건설된 외계 감옥인지 확인하기 위해 밖으로 나갔다. 두 채의 하얀 건물 사이에 난 하얀 배경을 계속 걸었다. 하지만 아무리 걸어도 내가 있는 건물에서 멀어질 수 없었다. 한참을 걸어도 하염없이 하얀 공간만 계속되는 곳을 떠나 나는 다시 건물로 들어섰다. 그런데 안이 제법 소란스러웠다. 조용히 변기에 앉아 똥을 싸는 사람들 사이로 홍영감이 도망쳤다. 홍영감을 쫓는 이는 선영 씨였다.

"죄송하지만 영감님 가셔야 돼요. 영감님은 아직 결과가 좋지 못해요. 저랑 같이 갔다가 다음에 다시 오세요. 네?"

"안 돼. 나는 안 갈 거야. 갈 거면 저 친구를 데려가. 저 친구는 똥냄새도 안 나고 아주 불량하다고."

홍영감이 주변에서 상황을 지켜보던 나를 손가락질했다.

"그건 걱정하지 마세요. 이곳에서 다 결정할 문제라고요. 영감님이 먼저 가세요."

선영 씨는 홍영감을 붙들고 실랑이를 벌였다. 둘이 다투는 소리 속에 우웅하는 낮은 소리가 들렸다. 우웅하는 소리는 점점 커졌다. 주변을 둘러보던 나는 흰 벽 앞에 선 외계인이 무언가를 작동시키는 것을 보았다.

"설희 씨 나 좀 도와줘."

선영 씨가 갑자기 나를 불렀다. 나는 선영 씨 쪽으로 몸을 돌렸다. 홍영감과 선영 씨는 어느새 육탄전을 벌였다. 그 사이에서 내가 뭘 할 수 있을까만은 둘 사이로 주춤거리며 다가갔다. 홍영감은 내가 선영 씨 편을 들 것이라 지레짐작하고 나를 꽉 붙잡았다. 홍영감의 거센 아귀힘이 대단했다. 그때 우웅하는 소리 뒤로 덜컥하는 소리가 들렸다. 기기가 고장 났나 싶었는데 나는 다시 이상한 기분에 빠졌다. 홍영감이 무언가를 피하는 모습이 보였다. 멀리서만 봤던 외계인 얼굴이 나에게 다가와 무언가를 뿌렸다. 이곳에 올 때처럼 내 몸 안의 세포가 갈기갈기 분해되는 느낌이 들었다. 나는 다시 지구로 간다.

공원 빈터에 떨어진 나는 한동안 얼떨떨했다. 따스한 햇볕이 내리쬐는 오후였다. 산책을 나오거나 운동기구를 타는 사람들이 제법 있었다. 얼이 빠진 내 옆으로 선영 씨가 보였다.

그제야 나는 똥냄새 사이비의 일이 기억났다. 그런데 내가 왜 지금 여기 있는 건지는 모르겠다. 나는 똥냄새 사이비가 다시 모였다는 소식에 잠입을 했다가 지금 내 옆에 있는 선영 씨를 만났던 일을 떠올렸다. 어디론가 떠난다고 했다. 그래서 공원 정자에 왔던 건 기억난다. 새벽에 정자에 잠든 선영 씨를 보고 깜짝 놀란 것도. 새벽이 훨씬 지난 늦은 오후에 우리 둘은 여기에서 뭘 하고 있지? 여전히 넋을 놓고 있는 나와 달리 선영 씨는 눈을 뜨고는 옷을 툭툭 털고 일어섰다.

"홍영감님 그예 남았네. 그렇게 고집을 부리더니만 어쩌려고 그래."

나긋나긋한 선영 씨의 목소리가 이질적으로 느껴졌다. 내 머릿속에 엄청난 것이 잔뜩 들었는데 백지 상태였다. 내가 어떤 상태인지도 모르겠다. 나는 내 몸을 바라보았다. 팔, 다리 두 개씩 달렸고 옷도 내가 입고 있던 옷 그대로였다.

"아유. 똥냄새. 이게 웬 냄새야. 진동을 하네, 진동을."

등산복을 입은 부부가 우리 쪽으로 걸어오다 기겁하고 멀어졌다. 그제야 나는 내 몸에서 나는 똥냄새를 깨달았다. 선영 씨도 물론 냄새가 났다. 똥냄새 사이비 교인들과 새벽에 모여 어디론가 가려던 것은 기억나는데, 도대체 무슨 일이 있었는지 모르겠다.

"설희 씨 괜찮지?"

"저는, 괜찮죠."

"하얀 천국은 다 잊었고?"

하얀 천국? 그건 뭐지? 무슨 이상한 마약 같은 건가? 나는 궁금해 미칠 것 같았지만 아무렇지 않다는 듯 고개를 끄덕였다. 선영 씨는 자리에서 일어났다. 그 뒤를 따랐더니 다세대주택 방향이었다. 다세대주택! 똥냄새 사이비들이 모였던 곳. 나는 그들과 함께 어디론가 떠나려 했다. 아차, 내 가방. 내 손과 등은 허전했다. 급히 공원에 갔지만 가방은 없었다. 그곳에는 촬영도구 같은 장비가 있었는데. 휴대폰은 바지주머니에 있었다. 다행이다. 나는 휴대폰을 확인했다. 떠나기로 한 날이 목요일이었는데 오늘은 화요일이다. 휴대폰이 정상인가 껐다가 다시 켰다. 화요일이 맞다. 그동안 무슨 일이 있었는지 하나도 기억나지 않았다. 휴대폰 기록을 살펴보았다. 스팸 메시지가 있었다. 그러자 머릿속에서 찰칵하고 기억 하나가 켜졌다. 새하얀 방. 다른 것이 모두 기억나면 좋으련만 아무 것도 기억나지 않았다. 텅 빈 하얀 공간만이 머릿속에 남았다.

어느 때보다 독한 똥냄새를 풍기며 사무실에 갔다. 머리가 얼떨떨한 것이 이상한 약이라도 맞은 것 같았다. 사라진 기억은 그날 몰래 공원에 숨었던 다른 요원들에게 물어봐야겠다. 사무실에서는 나를 보고 유령 보듯 놀랐다. 며칠 동안 연락도 없고 어디에서 무얼 하는지 알 수 없어 사고를 당한 줄 알았단다. 새벽 공원 모임은 별 일 아니라 생각해 아무도 나오지 않았다나. 팀장은 똥냄새 사이비에 신경 쓸 일이 무어냐며 코를 잔뜩 막고 코맹맹이 소리로 변명했다.

며칠 동안의 기억은 물론 회사 비품인 촬영기기를 잃어버린 나는 어디서 땡땡이 치고 온 것으로 의심받았다. 무슨 일이 있었는지 내가 알지 못하니 답답했다. 그들의 아지트가 어디인지 내가 그곳에 갔는지, 갔다면 무엇을 했는지도 궁금했다. 선배들의 구박을 받는 사이 똥냄새 사이비 교인들이 별일 없었다는 듯 똥냄새만 풍긴 채 일상으로 돌아왔다. 조사해봤지만 다들 눈만 끔뻑거릴 뿐 자신이 어디에서 무엇을 했는지 기억나지 않는다고 말했다.

나는 다른 사건을 배당받았다. 요즘 새로 뜨고 있는 작은 사이비인 외계교와 똥교다. 외계교의 현재 인원이 50여명, 똥교는 20여명이 채 안 된다. 내가 이들을 맡은 건 똥냄새 사이비 출신들이 만든 종교여서다. 갑자기 사라졌다 홀연히 나타난 사람들. 자신이 어디에 있었는지 무엇을 했는지도 모른 채 신에게 선택받았다고 철저하게 믿는 사람들. 나 역시 그들과 함께 어딘가에 있었지만 기억은 없다. 가끔 가물가물한 기억 때문에 화가 났고 짜증이 밀려왔다. 아예 모든 것을 잊어보자 멍하니 하늘을 바라볼 때도 있었다. 그럴 때마다 이상한 기시감이 느껴졌다. 하늘에 뭔가가 있었고 내가 거기에 속했다는 감정이었다.

외계교는 우주는 외계인이 지배하는데 환경오염 때문에 인간이 우주인의 부름을 못 받는다고 주장했다. 인간을 떠난 외계인을 위해 인간은 환경파괴를 막고 지구를 정화해야 한다고 말했다. 외계교는 외계인을 환영한다는 유인물을 뿌리며 홍보 활동에 나서 유명세를 탔다. 외계교가 외계인 친화적이라면 똥교는 똥냄새의 흔적이 많이 남은 데다 외계인 배타적 사이비였다. 물똥을 지양하고 된똥을 지향한다는 이상한 관념에 사로잡힌 사람들이 물똥이 아닌 된똥을 누어야 외계인의 공격을 막을 수 있다고 주장했다. 똥냄새 사이비가 제공한 이상한 물약을 먹어 물똥을 누고 똥냄새가 지독해지자 외계인이 인간을 공격했다고 말했다. 똥의 질감에 따라 외계인이 공격한다는 주장에 헛웃음이 나왔다. 외계교와 똥교에는 친숙한 얼굴이 많았다. 민주 씨가 촬영한 영상 속 똥 싸는 여인이나 선영 씨는 모두 외계교다. 똥교는 홍영감이 주축을 이루고 있다.

"내일모레 12시. 신촌에서 모인다네."

오늘은 금요일. 그러니까 일요일에 외계교가 모인다. 한때 나라를 뒤집어놓았던 사람들이 주축이니 분위기 파악이 필요했다. 일요일을 온전히 날리게 되었다.

"설마 12시가 낮이에요, 밤이에요?"

"낮."

박 선배는 역시나 할 말만 하고 자리를 떴다.

"알겠습니다."

나는 선배가 사라진 빈자리를 향해 대답했다. 외계인을 부르는 모임이라기에 밤에 모일지도 모른다고 걱정했는데 다행이다.

일요일 편안한 차림을 하고 모임 장소에 미리 나갔다. 주말 이른 시간 대학 캠퍼스는 한가했다. 커피를 마시며 주변 벤치에 앉아 사방을 둘러보았다. 12시가 되었지만 운동장은 비었다. 모임 장소가 바뀌었나 불안해 자리에서 일어나 주변을 돌아보았다. 20여분 후 운동장에 선영 씨가 모습을 드러냈다. 몇 사람이 모습을 보였지만 모임은 여전히 중구난방이었다. 10분이 지나 똥냄새 사이비 모임에서 중요한 역할을 했던 키 큰 남자가 나타났다. 그가 나타나자 모임에 체계가 잡혔다. 그들은 운동장 한 켠에 작은 상자를 늘어놓았다. 점점 사람이 늘어 1시쯤에는 서른 명으로 불었다. 대학 캠퍼스 운동장에 모인 중년 모임이라 어색했다. 어느새 키 큰 남자는 상자 위에 몇 번이나 올라갔다 내려왔다를 반복했다. 발로 툭툭 차고 시험해보는 것이 상자가 단상 역할을 할 모양이었다. 1시 30분이나 되어서야 키 큰 남자가 상자 위로 올라갔다. 말을 하는데 잘 들리지 않았다. 나는 자리에서 일어나 반 바퀴를 돌아 상황이 잘 보이고 목소리도 잘 들릴만한 장소를 찾았다. 빈 커피 잔을 입에 대고 빨면서 운동장을 바라보았다. 남자는 한동안 사람들을 향해 연설을 했다. 선영 씨 같은 사람들이 있는 똥냄새 사이비는 어딘지 어설프고 부족해보였다. 하지만 이 남자는 다르다. 사람을 휘어잡는 카리스마가 있다. 외계교가 세력을 키우는 데는 이 남자의 역할이 지대할 것이다. 남자가 하늘을 바라보고 두 손을 하늘을 향해 뻗었다.

"외계인이여, 지금 오십시오. 우리는 당신을 환영합니다."

주변에는 '지구인은 외계인을 환영합니다.', '외계인은 언제든 지구를 방문해주십시오.' 등의 문구가 적힌 팻말이 있었다. 그 옆에는 외계인을 상징하는 그림이 있는데 선영 씨가 그림을 수정했다. 흡사 외계인을 만나기라도 한 듯 익숙한 솜씨로 외계인을 그려나갔다. 그런데 이 외계인, 어딘가 친숙했다. 그림을 어디에서 먼저 봤다기보다 왠지 내가 이 외계인을 직접 보고 만난 것 같다는 말도 안 되는 생각이 들었다. 나는 하늘을 바라보았다. 외계인이 올 기미가 전혀 없는 맑은 하늘에는 구름 한 점 없이 쾌청했다.

외계인을 부르는 애타는 소리에 길을 지나던 대학생이 비웃었다. 사진이나 영상을 찍는 이들도 있었다. 외계교 사람들은 아랑곳하지 않고 계속해서 손을 들어 외계인을 불렀다. 그들의 외침에도 아무런 응답은 없었다. 목소리가 잦아들면서 모임이 끝났다. 나도 자리를 정리했다. 주말 일정은 이것으로 끝이다. 그러다 내 귓가에 이상한 소리가 들렸다. 내가 사이비를 쫓아다니다 정신이 나갔는지 이상한 헛소리가 머릿속을 울렸다.

"당신의 똥 기술을 팔지 않겠습니까?"

솟구치는
욕망의
서막

내가 태양계, 지구라는 곳에서 인간이라는 존재를 찾아낸 것은 기적이다. 문명과 동떨어진 원시적인 지구에 관심을 갖는 이는 아무도 없었다. 우연히 원시 지구를 다루는 다큐멘터리를 기획하던 곳에서 자료 조사를 요청받았다. 지구와 인간을 열심히 조사했지만 너무 원시적이라 재미가 없을 것 같다는 이유에서 이 작업은 취소되었다. 하지만 나는 인간이라는 존재가 엄청난 잠재력을 지니고 있음을 깨달았다. 그들은 귀하디 귀한 향수를 순식간에 만들어내는 능력이 있었다. 우리에게 엄청난 기쁨과 행복을 안겨주는 그 물질 말이다. 나는 부를 얻을 생각에 아가미가 분주해졌다.

궁극적으로 진보한 우리 문명은 냄새로 모든 것을 나눈다. 인사를 하고 대화를 하고 사랑을 느끼고 감정을 전달한다. 기술이 발달하면서 시스템을 운영하고 자신의 공간을 지정하고 거래를 하는 데도 냄새로 신분과 정보를 확인한다. 냄새를 바꾸고 덧대는 것은 이곳에서는 범죄였다. 궁극의 물질은 우리의 원초적인 감성을 건드려 기쁨을 안겨주면서도, 우리 냄새에는 아무런 영향을 끼치지 못한다. 실험실에서나 극미량 만들어져 아무나 쓸 수 없던 그 물질은 아무리 진해도 우리 생활을 방해하지 않았다. 이 물질 구성성분이 원시적이라 우리의 최첨단 시스템에서는 감지되지 않는 것이다.

다큐멘터리가 취소된 뒤 인간의 능력을 확인한 나는 인간의 향수를 구하는데 매진했다. 하지만 인간의 향수 구하기는 엄청 어려웠다. 지구와의 먼 거리, 아직 제대로 개통되지 않은 교통편, 통신편은 부차적인 문제였다. 향수를 생산할 만한 인간을 물색한 다음 그 사람이 먹을 음식물에 향수 생산을 돕는 약을 넣는다. 인간은 향수를 생산할 때 대체로 엄청난 고통을 겪는데, 그때 내가 짠하고 나타나 정신없는 인간과 거래를 진행한다. 내가 인간의 고통을 줄여주는 대신 향수를 얻는 것이다. 물론 시나리오대로 흐르지 않는다. 인간이 약을 먹지 않을 수도, 약을 먹었대도 향수 품질이 나쁠 수도, 거래를 거부할 수도 있으니까.

인간을 조사하며 향수 생산에 제격인 인간을 골라내는 눈을 키웠다. 인간은 향수를 생산할 때면 특정한 장소에서 혼자 명상을 한다. 그 다음 생산된 향수를 물로 쓸어버려 귀한 물질이 원시생태계로 샅샅이 사라진다. 그러기 전에 거래를 마쳐 그 향수를 내가 원하는 장소에서 생산하자고 인간을 설득해야 한다. 인간은 원시적인만큼 내 홀로그램이 나타나면 다들 깜짝 놀란다. 그러다 귀한 향수를 쏟아내는 일도 있었다.

경험이 쌓일수록 인간의 향수 명상소와 멀리 떨어진 곳에서 거래를 진행해야 성공확률이 높음을 깨달았다. 다 자란 인간이 다른 인간이 있는 곳에서 향수를 생산하는 일은 절대 금물이다. 이상하게도 인간들은 향수를 생산하고는 그 사실을, 그 향기를 싫어한다. 아직 원시성을 벗지 못한 것이 안타까웠다. 나는 인간이 향수를 생산할 때 하는 '똥을 싼다.'는 언어를 가장 먼저 배웠다. 인간을 선택하기가 까다롭고 물질이 만들어진 후 채취하는 것이 힘들었지만 그만한 가치가 있었다. 내 향수는 정말 비싼 값에 팔려나갔다. 인기가 좋아 예약 목록이 점점 길어졌다. 하지만 인간 향수 생산에는 비용도 많이 들어 돈을 엄청나게 벌지는 못했다.

내 전 동료이자 친구라고 불러도 될지 모를 그 녀석에게 이런 노하우를 알려주었다. 고생스럽고 큰돈을 벌지는 못해도 색다른 일이니 녀석도 좋아하리라 생각했다. 그러나 녀석은 내가 지구라는 곳에서 인간이라는 목표를 설정해 주었어도, 이상한 불량품을 만들어내 나를 곤란하게 만들었다. 녀석은 바닥에 떨어진, 인간들이 개나 새, 고양이라고 부르는 것들의 부산물을 이용해 향수를 제조했다. 당연히 반품이 물밀듯이 밀려왔고, 푸른 지구 이미지를 내세운 내 제품 판매에도 영향을 끼쳤다. 친구라고 도움을 준 게 잘못이었다. 녀석에게서 풍기는 사기꾼 냄새는 사라지는 법이 없었다.

그런데 녀석이 지금 내 사업을 망하게 만들 모양이다. 녀석은 엄청나게 빠른 속도로 인간의 향수를 저렴하게 공급했다. 당연히 내 향수에 대한 수요는 뚝 떨어졌다. 너도나도 녀석에게 돈을 갖다 바치며 향수를 구하려고 안달이었다. 녀석 주변에는 돈이 넘쳤다. 인간 향수를 대량으로 제공하게 된 노하우가 궁금했다. 갑자기 귀한 몸이 된 녀석을 만나기란 하늘의 아가미 따기였다. 지구와 인간을 알려준 기억을 떠올리게 만들어 억지로 그 녀석이 운영한다는 사업장을 가게 되었다.

녀석을 만나기 전까지도 녀석의 노하우가 무엇일지 도무지 떠올릴 수 없었다. 어떻게 지구에서 향수를 쉽게 가져오는 거지? 아무리 뇌를 굴려 봐도 아이디어가 떠오르지 않았다. 인간의 향수를 삥뜯기하는 기술을 상상했을 뿐 그곳에서 인간을 보리라고는 전혀 생각 못했다. 녀석의 사업장에는 행복한 표정으로 엉덩이를 까고 향수를 생산하는 인간 무리가 있었다. 원시 인간을 이곳으로 데려오는 일이나 향수 생산을 시키는 것이 문제가 되지 않을까 걱정됐다. 하지만 녀석은 천하태평이었다.

나는 얼마 전 겪은 실패가 떠올라 뇌가 시렸다. 향수 채취는 오랜 시간이 걸렸고 실패율도 높았다. 향수 명상소를 갈 수 없는 자동차 안에 있는 사람을 골랐건만 그 인간은 거래를 단호히 거부했다. 아무래도 시간대를 잘못 맞춘 것이 패인이었다. 좀 더 일찍 모습을 드러내 거래를 시도했어야 했는데. 한참을 괴로워하던 그 인간은 향수를 뿜어내며 향수 명상소로 사라졌다. 괜히 그 사람 앞에 몰래 나타나느라 돈과 시간만 썼다. 그 사람의 기억을 지우는데도 어마어마한 돈이 들었다. 그런데 내가 생고생하며 실패율이 높은 일을 벌이는 동안 녀석은 100퍼센트 성공할 수 있는 방법을 고안했다. 뇌가 떡 벌어졌다.

"어떻게 된 일이야?"

"하하하. 이게 무슨 일이냐고? 돈과 성공을 부르는 일이지."

녀석은 자신감을 풍기고 있었다. 숱한 실패를 할 때는 웃겼는데 지금은 짜증이 났다. 성공을 한다면 그건 나여야만 했다. 이렇게 게으르고 멍청한 녀석이 아니라.

"고맙긴 하다. 네가 큰 도움이 되긴 했지."

"인간들이 이렇게 향수 생산을 좋아할 줄은 몰랐네."

내가 그동안 만난 인간들을 떠올렸다. 그들은 향수를 생산하는 일에 대해 극도로 불안감을 느꼈다. 비싼 돈을 들여 홀로그램으로 인간 앞에 영상을 띄우고 실시간으로 향수의 향을 강하게 할 약을 보내고, 인간 언어 번역기로 거래를 시도했다. 인간의 매너를 배웠음에도 얼마나 많이 놀라고 거절을 했던가. 그 소중한 향수를 향수 명상소에, 옷에, 길거리에 얼마나 많이 버렸던가. 당장이라도 지구로 달려가 그 소중한 것들을 채취해오고 싶었다. 그러자면 돈이 어마어마하게 들 것이었다.

"네 사업장에 있는 인간들은 왜 향수 생산하는 것을 좋아하는 거지?"

인간을 조사해보면 향수를 생산하는 일을 좋아하는 인간도 있긴 있었다. 향수 생산이 제대로 되지 않아 괴로워하는 인간은 물론, 자신이 생산한 향수를 흡족하게 바라보는 인간도 보았다. 하지만 내가 만난 인간들은 공개적인 곳에서 행복해하며 향수를 생산하지 않았다. 그것이 인간의 법칙이었다. 그런데 이 녀석은 어떤 마법을 부린 것일까.

"미안한데 사업장이라고 하지 말고 농장이라고 불러줘. 향수 농장. 이걸 봐봐."

그 녀석이 가리킨 곳에는 '인간이 행복한 인간 복지 유기농 인증 향수 농장'이라고 적혔다.

"인간이 행복한 인간 복지 유기농 인증 향수 농장?"

"처음에는 그냥 인간들 데리고 향수 만들었는데 다들 의심하더라고. 어떻게 싸게 향수를 만들었느냐고 검사도 받았어."

그렇다. 이 녀석이 싸게 판 향수 때문에 내 사업은 망하게 생겼고, 아니 이미 거의 망했고 녀석은 행복에 빠졌다.

"향수를 생산하며 행복한 인간만큼 좋은 광고는 없겠더라고. 그래서 각종 인증을 받았더니 고객이 믿고 안심하고 좋은 제품을 사고, 나는 팔아서 돈을 벌어 좋고 일석이조였지."

"비결이 뭐야?"

"비결이라면, 처음에는 네 도움이 중요하지 않았다고는 말을 못하겠네."

이 녀석은 자신이 농장을 열게 된 계기를 설명했다. 이 녀석은 사기꾼 기질을 되살려 내 아이디어를 손보았다. 내가 말한 방식은 너무 어렵고 실패하기가 쉬웠으며 돈도 많이 들었다. 이 녀석은 단지 약을 인간에게 퍼뜨리기만 했다. 어디서 싸게 서비스 받은 실시간 홀로그램으로 몇 명의 인간을 홀리고 약을 먹였다. 돈을 아낀다고 약을 아주 조금씩만 주어서 오랜 기간 먹어야 좋은 향수를 얻을 수 있었다. 나중에는 그 인간들이 스스로 다른 인간들을 끌어왔다. 그들은 약을 주스로 만들어 먹고 향수를 생산하는 데 행복을 느끼는 전혀 인간답지 않은 인간이 되었다.

농장에서 인간들은 조용히 앉아 있거나 주변을 거닐었다.

인간이 먹는 약간의 음식물과 지구 방송이 나올 뿐 아무 것도 없었다. 인간은 그 녀석이 만든 약주스를 열심히 마시고, 행복한 표정으로 향수채취기 앞에 엉덩이를 들이밀고 향수를 생산했다. 농장 안에 가득한 향수 냄새. 내 뇌가 울렁거렸다. 감미로운 향수 냄새를 맡으면서도 내 뇌는 쓰라렸다.

"인간을 지구 밖으로 함부로 데리고 와도 돼?"

"여기 있는 인간들을 봐. 절대 내가 강제로 데려 온 게 아니라고. 이들은 여기에서 향수를 생산하는 걸 행복해 해. 게다가 나는 인증을 받았으니 아무 문제없지."

이 녀석은 농장 운영의 어려움도 토로했다. 품질이 낮은 향수를 생산하는 인간들 처리에 골머리를 앓았다. 평소 이 녀석 같으면 이런 인간은 우주 밖으로 버려 처리했을 거다. 누가 인간이 우주에서 사라진다고 신경이나 쓰겠는가. 별일 아닌 일에도 까다로운 환경보호자들 빼고 말이다.

"그런데 인간 복지 유기농 인증을 받아놓으니 인간을 처리하는 것도 엄청 까다로워. 감시가 엄청 깐깐해. 저품질 인간들을 다시 지구로 되돌려놓는 게 고된 일이야."

유기농 인증을 받아 가격을 몇 배나 올려도 판매가 순조롭다고 말했다.

"인간을 지구로 보낼 때 여기 기억을 지워야 한다는 거야. 기억을 한다고 그들이 이쪽으로 올 수 있는 수준도 아닌데 말이야. 그래서 기억 지우미 스프레이도 구입해야 해."

이 녀석에 따르면 지구로 저품질 인간을 몇 명 보낼 예정이란다. 아직 기억 지우미 스프레이가 세일을 하지 않아 기다리는 중이라나. 돈을 쓸어 담는 중인데도 녀석은 돈을 아끼기 위해 난리였다.

"인간들을 보내면 어떻게 하려고? 그런 식으로 인간을 보내버리면 나중에는 한 인간도 남지 않는 것 아니야?"

"그래서 이런 저런 방법을 구상중이야."

처음으로 이 녀석에게도 지적인 냄새가 풍겼다. 그동안 지구에 홀로그램을 보내고 물질과 향수를 텔레포팅으로 이동시킨 것을 생각하면 내가 진짜 바보였다.

"성공했구나."

"이제 시작이지. 너도 네 사업을 성공시킬 방법을 생각해봐야지."

이 녀석에 따르면 사업에도 타이틀이 중요하단다. 처음엔 향수를 싸게 팔았지만 유기농 인증을 받은 후엔 몇 배로 비싸게 팔아도 판매가 잘 되었다. 나처럼 인간을 접촉해 향수를 채취하는 것도 마케팅을 이용하면 좋을 거란다.

"농장에서는 향수가 비슷해져. 그런데 너는 다양한 인간을 만나잖아. 그렇다면 야생 향수라고 광고하면 어때? 누구도 갖지 못한 나만의 향수, 이런 마케팅이라면 비싸게 팔아도 될 텐데."

그동안 이 녀석을 무시한 것을 반성한다. 야생 인간 향수라, 말로만 들어도 괜찮은 아이디어였다. 나는 돈 많은 고객에게 상품을 판매하는 장면을 떠올렸다. 나만 가진 특별한 인간 향수라니. 거기에 향수를 생산하는 인간의 영상을 담으면 금상첨화겠다. 왜 그동안 그렇게 뼈 빠지게 고생하면서도 돈을 벌지 못했는지 아쉬웠다.

약을 먹인 인간들 무리가 녀석의 새 농장에 들어올 예정이었다. 나는 이 녀석이 말한 지역을 아주 비싼 실시간 홀로그램으로 보았다. 한 무리의 인간들이 모여 향수를 생산할 연습을 했다. 이 녀석의 능력은 내가 상상했던 것보다 더 대단했다.

나는 이제 녀석의 소식을 방송으로 듣는다. 그 녀석은 지금 굉장히 신이 났다. 아가미가 파르르 떨렸다. 신이 날만도 하지. 요즘 녀석은 돈을 쓸어 담았다. 유기농 농장이 대박을 치면서 프랜차이즈 사업까지 시작할 예정이었다. 모두 이 녀석에게 달려들어 자신도 끼어 달라고 난리북새통이었다. 녀석은 인간을 공급하고 노하우를 알려주어 농장을 운영할 때보다 더 엄청난 돈을 벌 것이다. 내 뇌가 안 아프냐고. 아프다. 무지하게. 내가 오랫동안 고생하며 쌓은 노하우를 저 녀석이 돈줄로 바꿀 줄이야. 인간의 향기에 취해 모든 것을 만족하며 살았던 내 과거가 후회되었다.

녀석은 얼마 전 프랜차이즈 설명회를 열어 대박창조의 신화를 썼다. 이제 녀석은 갑부대열에 올랐다. 프랜차이즈 사업을 시작하려면 많은 인간을 공급해야 한다. 녀석은 이제 신경 쓰이는 잡일은 관두고 거들먹거리는 사장으로 지낼 모양이다. 녀석이 나를 부른 건 인간 공급을 나한테 맡기기 위해서다. 내가 이 녀석의 아랫사람이 되어 궂은일을 하게 되다니. 녀석은 나만큼 인간에 대해 잘 알고 친숙한 이는 없다고 아가미 발린 칭찬을 늘어놓았다. 단호히 거절하지 못한 것이 내

뇌존심을 더럽히겠지만 이 녀석의 제안은 제법 괜찮았다. 야생 향수를 구한답시고 인간을 찾고 약을 보내기보다 인간 공급책을 관리하는 게 일도 편하고 돈도, 녀석의 약속대로면 지금보다 많이 벌 수 있다. 나는 곧 직영점으로 바뀌게 될 녀석의 초기 농장에 와 있다. 이제 며칠간 고민했던 답변을 해줄 차례였다. 내가 여기 온 것이 긍정적인 답임을 그 녀석이나 나나 알지만 아무도 먼저 말을 꺼내지 않았다. 녀석은 농장에 처리할 까다로운 문제가 있다고 했다.

"품질이 가장 문제야. 그래서 너한테 부탁하는 거고."

녀석이 데려오는 인간들이 향수 생산에 희열을 느끼지만 문제는 품질이 천차만별이라는 사실이었다. 이상하게 인간은 같은 약을 먹어도 생산되는 향수의 품질은 가지각색이었다. 최상의 향수를 뿜어내는 인간이 있는가 하면 지독한 악취를 풍기는 인간도 있었다. 그동안 야생에서 인간을 탐색한 나도 성공 비율이 50퍼센트를 겨우 넘겼다. 당연히 녀석의 농장 성공률은 그보다 낮을 것이다. 인간을 데려와 고품질의 상품만 판매하고 나머지는 폐기했는데 이번에는 다른 향수까지 더럽히는 아주아주 지독한 저품질 향수가 등장했다. 녀석이 지금 지구로 보내려는 인간이 그 주인공이다.

"이 인간 때문에 며칠간 생산한 상품을 다 버렸어. 왜 이걸 밝혀내지 못했는지 모르겠어."

녀석은 혼자서 투덜투덜했다. 오랫동안 인간을 지켜봐온 내가 보기에 인간들이 남자 노인이라 분류할 이 인간의 향수는 그야말로 최악 중의 최악이었다. 단순하게 저품질 향수 생산 인간으로 분류해두었는데 나머지 향수에도 악영향을 끼친다는 사실을 최근에야 알았다. 애초에 이 인간을 지구로 돌려보내려다 복잡한 틈에 다른 이를 보내버렸다. 향수 생산에는 그다지 자질이 없었지만 다른 인간들의 향수를 섞어 근사한 새 향기를 만들어내던 인간이어서 아쉬웠다. 잘만 다룬다면 최상의 향수를 만들 수 있었는데 실수를 해버렸다. 지금 당장은 다른 향수 제품에 영향을 끼쳐 품질을 떨어뜨리는 노인 인간을 지구로 보내야 한다. 녀석의 성격상 평소 같으면 인간을 뇌로 뻥 차 버렸을 테지만 인간 복지 유기농 인증 농장 자격을 위해서는 손상 없이 지구로 돌려보내야 한다. 이곳에서의 기억을 잊게 만들려고 기억 스프레이까지 뿌려서. 내가 홀로그램으로 인간을 만나 뿌리는 양과는 비교할 수 없을 만큼 엄청난 양을 말이다.

녀석은 약주스를 끊임없이 섭취하고 있는 그 인간을 농장 안에 설치된 작은 방으로 데려왔다. 얼마 전에 기억 스프레이를 뿌리는 것을 다른 인간이 보았다고 인증기관으로부터 경고를 받았기 때문이었다. 다른 인간이 이를 보고 고통 받을지도 모른다는 게 이유였지만, 제품 생산에 나쁜 영향을 끼칠지 모른다는 우려 때문이리라. 행복한 인간이 행복한 향수를 만든다, 이거다. 녀석이 싸게 샀다는 복제 기억 스프레이를 뿌리고 또 뿌리고. 정신이 멍한 인간을 백루프 시스템을 가동해 지구로 돌려보냈다. 복잡한 과정과 돈을 어림하니 올바른 인간을 지구에서 데려오는 것이 가장 중요하다는 녀석의 말이 이해되었다. 향수를 생산 중인 인간들을 보면서 우리는 가벼운 아가미 회로를 보며 휴식을 취했다. 그때 갑자기 바깥이 소란스러워졌다.

"무슨 소리야?"

녀석이 일어섰지만 그 전에 누군가에게 덜미가 붙잡혔다. 혹시 돈을 노리고 온 강도? 내 아가미가 흔들렸다. 몇 번 지구를 방문했을 때도 느껴보지 못한 공포였다. 하지만 그들은 강도가 아니었다. 녀석의 눈앞에 고소장이 휘날렸다.

"식품위생법 위반 혐의로…."

뒷말은 더 들을 필요가 없었다. 아무 상관없는 나는 이 자리를 몰래 벗어나고 싶었다.

"무슨 오해가 있나 본데, 이건 저 녀석이…."

녀석이 나를 가리켰다. 전혀 상관도 없는 나한테 죄를 뒤집어씌우려 하다니. 하지만 그들은 나를 슬쩍 보기만 할뿐 녀석에게만 시선을 집중하고 있다. 아니, 나한테도 관심을 보였다. '넌 뭐냐?'라는 뇌초리를 보냈다. 이쯤해서 슬금슬금 뒷걸음치며 사라지는 것은 불가능해졌다. 하필 이런 날 이 녀석 농장에 와 있을게 뭐냐. 그 자리에 있었다는 이유로 나까지 조사를 받았다. 나 역시 향수 공급책으로 일해서 그들의 뇌초리가 날카로웠다. 그래도 그날 나는 스낵을 먹으며 방송을 볼 수 있었다. 이 녀석은 희대의 사기꾼이 되어 방송에 나왔다.

어찌된 일인지 녀석이 만든 싸고 좋은 향수가 어느 날부터 문제를 일으켰다. 냄새가 시스템에 인식이 되지 않았다. 집을 가려해도, 차를 타려해도, 회사에 가려해도, 결제를 하려해도 시스템이 오작동했다. 처음에는 시스템 오류로 여겨졌다. 하지만 점점 그런 일이 많아지고, 오류를 일으킨 대상이 모두 이 녀석이 만든 향수를 쓴다는 사실이 밝혀지자 향수를 조사했다. 이 녀석이 인간 복지 유기농 농장에 대한 감시가 심하다고 하소연하며 규칙을 잘 지킨 것은 그나마 다행이었다. 그것조차 지키지 않았더라면 더 큰일 날 뻔했다.

향수와 농장 내 인간들을 조사하다 인간이 마시는 약주스 성분이 초기와 달라졌다는 사실이 밝혀졌다. 거기에 향수를 바꿔놓는 성분이 나왔다. 처음에는 인간이 자신들을 농장에 데려간 존재에 항의하려고 일부러 집어넣은 것이라 생각했다. 하지만 이 녀석의 말대로 향수를 생산하며 행복해하는 인간들을 보면 그건 아니었다. 게다가 인간이 선공격을 한다는 아이디어에 다들 아가미 방귀를 뀌었다. 그렇게 어리석고 둔해 빠진 종족이 다른 일을 벌이리라 아무도 상상 못한 거다.

전방위적인 조사 끝에 약주스를 담은 용기에 차이가 있음을 발견했다. 인간이 만든 용기에는 이제는 완전히 사라진 고대의 물질이 듬뿍 들어있었다. 아직 기술발전이 느린 인간의 발전상을 감안하면 어느 정도 예상했어야 했다. 식약청에서는 자신들의 금지목록에서 조차 찾을 수 없는 고대의 물질을 반입한 이 녀석에게 노발대발했다. 자신들의 냄새를 잃어버려 어쩔 줄 몰라 하는 고객들의 고소장이 날아들었다. 그 와중에도 인간 향수를 찾는다니 중독성도 엄청났다. 재판을 받으러 나온 녀석은 갑자기 쏟아지는 카메라 세례에 웃음을 띠었다. 자신이 범죄자가 되었고 엄청난 형벌을 받을지도 모른다는 사실 따위는 안중에도 없었다. 유명해지면 아가미땡인가.

녀석의 농장은 폐쇄되었다. 향수를 생산하던 인간들은 모두 지구로 보내졌다. 녀석은 엄청난 손해배상을 앞두고 있고, 형벌은 시간이 갈수록 늘어났다. 프랜차이즈 사업을 시작하려 투자한 돈이 많아 녀석의 손해를 더 키웠다. 내가 거기에 아가미를 살짝 담글 뻔했다는 사실에 뇌가 저렸다. 다행이다. 식약청의 조사가 조금이라도 늦었더라면 상상도 하기 싫은 일이 벌어졌으리라.

녀석의 파멸이 고소하지만 나 역시 사정은 녹록치 않았다. 이 녀석 사건 이후 지구와 인간이라는 존재가 널리 알려졌다. 다행인지 불행인지 지구에서 향수를 채취하는 것이 전면 금지되었다. 인간이 생산하는 자연 향수 자체가 전면 취급 금지 상태였다. 금지 조처에도 불구하고 인간 향수 선호가 사라지지 않아 향수 가격은 거침없이 뛰었다. 몰래 나에게 향수를 부탁하는 경우도 있었다. 이럴 때면 다시 인간을 만나야 하나 고민스럽다. 한탕만 제대로 하면 큰돈을 벌 수 있을 텐데. 그러다 잡히면 녀석과 함께 교도소에 갇히는 신세가 되겠지. 나는 유혹을 떨치려 노력했다.

시간이 흘러 조사가 마무리되고 인간 향수 수요가 빗발치자 정부의 관리 하에 인간 향수를 구하자는 안건이 나왔다. 나는 슬슬 몰래 내 사업을 다시 시작할 방법이 무언가 고민 중이다. 녀석의 아주 짧았던 성공 노하우를 빌려와 이번에는 제법 크게 판을 벌여볼까 한다. 인간에게 고하노니 아직 끝나지 않았다.

이제
또 다른
시작

"아직 끝나지 않았다."

하늘에서 목소리가 들렸다. 이건 뭐지? 아니 하늘이 아니라 내 귓속에서 들렸다. 누구였을까? 설마 외계인? 지금 똥이 물밀 듯이 밀려 나오고 있는데 왜 자꾸 이상한 목소리가 들리는 거야. 하지만 작은 목소리는 다시 한 번 반복되었다.

"아직 끝나지 않았다."

그 뒤로 작은 목소리가 이어졌다.

"그런데 당신의 똥을 나에게 넘기지 않겠습니까?"

# 아마도 똥 이야기

**초판 1쇄**   2017년 10월 10일

**지은이**   서은하
**펴낸이**   이지현
**디자인**   정미영

**펴낸곳**   도서출판 카노푸스
**출판등록**   제 2016-000109호
**주소**   서울시 송파구 법원로 9길 26 C동 3층 R327호
**전화**   070-8221-0021
**팩스**   02-6924-8446
**이메일**   siriusbooks@naver.com

**ISBN**   979-11-956440-2-5 03810